별처럼 꽃처럼

나태주 꽃시집

별처럼 꽃처럼

초판 1쇄 발행 2016년 11월 8일
초판 6쇄 발행 2024년 11월 4일

지은이   나태주
펴낸이   김선기
펴낸곳   (주)푸른길
출판등록   1996년 4월 12일 제16-1292호
주소   (08377) 서울시 구로구 디지털로 33길 48 대륭포스트타워 7차 1008호
전화   02-523-2907, 6942-9570~2
팩스   02-523-2951
이메일   purungilbook@naver.com
홈페이지   www.purungil.co.kr

ISBN   978-89-6291-368-2 03810

• 이 도서의 국립중앙도서관 출판시도서목록(CIP)은 서지정보유통지원시스템 홈페이지(http://
seoji.nl.go.kr)와 국가자료공동목록시스템(http://www.nl.go.kr/kolisnet)에서 이용하실 수 있습
니다.(CIP제어번호: CIP2016025038)

나태주 꽃시집

별처럼 꽃처럼

푸른길

꽃은 미학적 대상이면서 사실적 대상이다.

서양의 화가 르누아르 같은 이는 노년에 이르러 장미꽃과 여자가 없었다면 자신은 화가가 되지 않았을 것이라고 고백했을 정도로 꽃은 고혹의 대상이다.

그것은 나에게도 마찬가지.

어린아이 시절부터 오늘에 이르기까지 나는 얼마나 오랫동안 꽃을 좋아하는 사람이었던가!

날마다 만나는 꽃들은 나에게 천국의 소식을 알려주는 메신저로서의 꽃이었다.

진정 꽃은 나에게도 사심 없이 좋아하고 사랑할 수밖에 없는 대상이었고 거기에서는 자연스럽게 많은 양의 시가 태어났다.

이 얼마나 감사한 일일까 보냐!

그만큼 나는 철없는 인간이었다.

이러한 고마움과 철없음이 또다시 한 권의 시집으로 남게 되었다.

꽃시집이다.

꽃같이 예쁘게, 오래 세상에 남아 숨 쉬기를 축원하는 마음 크다.

2016년 가을

나태주

• 차 례

2부 꽃 피워봐

1부   참 좋아

별처럼 꽃처럼

— 혜리에게

불타는 내지 위에
홀로 피어 있는 꽃처럼

어둔 밤하늘 한복판에
혼자 눈떠 반짝이는 별처럼

짧은 인생길 짧지 않게
지루한 세상 지루하지 않게

살다 가리니 오로지
아름다이 숨 쉬다 가리니

어디만큼 너는 나의 별이 되어
반짝이고 있는 것이냐

어디만큼 너는 나의 꽃이 되어
숨어 웃고 있는 것이냐.

(2016)

12

우체통 곁에

뒷모습이 예뻤던 그녀
살그머니 다가가 한 번
안아주고 싶다는 생각만으로
오랜 세월을 견뎠다

그런 뒤로 그녀는
새하얀 백합이 되었고
나는 그녀 곁에 새빨간
우체통이 되었다.

(2016)

프리지어
— 서울 보광동 송플라워 주인

당신 올해도 죽지 않고
살아오셨네요
그것도 샛노랑 옷
새로 차려입고
사뿐사뿐 나비도 나오기 전
나비걸음으로 오셨네요

당신 올해도
살아오신 기념으로
꽃을 드려요
그것도 샛노랑 꽃을 드려요
꽃은 프리지어
새 마음 새 세상
새 사랑을 담아 드려요

부탁의 말씀은 오직 하나

올해도 당신 부디

행복하시기 바래요.

(2016)

눈, 매화

예쁜 꽃 사발에
소복이 담긴
새하얀 쌀밥

뒤늦게 찾아간
정선 아라리
3월인데

활짝 핀 매화꽃
송이송이마다
함박눈 내려

핑그르르
저린 가슴.

(2016)

찔레꽃

그립다
보고 싶다
말하고 나면
마음이 조금 풀리고

사랑한다
너를 사랑한다
말하고 나면
마음이 더 놓인다

그런 뒤로 너는
꽃이 된다
꽃 가운데서도
새하얀 꽃

찔레꽃 되어

언덕 위에 쓰러져

웃는다.

(2016)

산수유

아프지만 다시 봄

그래도 시작하는 거야
다시 먼 길 떠나보는 거야

어떠한 경우에도 나는
네 편이란다.

(2016)

노루발풀꽃

착한 노루가 제 맨발을
벗어주고 갔구나
노루발풀꽃

둥그스름 초록색 잎사귀에
조롱조롱 새하얀 꽃

흔들면 노루 발자국 소리
들릴까
새하얀 방울 소리
들릴까

젊은 노루가 바라보던
흰 구름만 몇 송이
남겨놓고 갔구나.

(2016)

매화꽃 아래

여기서 좋았으니
거기서도 좋겠지
나하고 좋았으니
다른 이들과도 좋겠지

마음 조아려
빌고 비노라

살아서 좋았으니
살지 않아서도 좋겠지
활짝 핀 매화꽃 아래
아직은 썰렁한 바람 속에.

(2016)

꽃 · 10

예쁘다고 말해도
말이 없고
예쁘지 않다고 말해도
말이 없다

언제 왔느냐 물어도
대답이 없고
언제 갈 거냐고 물어도
대답이 없다

다만 좋다고 말하면
조그맣게 웃고
사랑한다 말하면
미소 지을 뿐이다.

(2016)

달리아

꽃인가 하면 과일이고
과일인가 하면
또 사람이네

붉고도 어여쁜 입술
가늘은 눈매
네가 웃으면
세상이 다 웃는단다

오늘은 유난히
맑고도 푸른 하늘
마음 멀리 떠났다가
돌아오기도 하리라.

(2016)

오늘의 꽃

— 임현진

웃어도 예쁘고
웃지 않아도 예쁘고
눈을 감아도 예쁘다

오늘은 네가 꽃이다.

(2016)

국화

꽃 보고 싶은 마음
가을에도 죽지 않아서
단풍조차 꽃으로 보이는 날
그날을 기념하여
그대 오셨구려
가을날에 오직 한 분
어여쁜 분이여.

(2015)

동백 · 2

반쯤만 보고
훔쳐보고
그리고도 남긴
부끄러움

진홍빛 이별.

(2015)

등꽃 · 2

밤에는 더욱
짙은 몸 내음으로
누군가를 유혹하는
농염한 아낙네

해맑은 날에는
안 그런 척
고개를 외로 꼬면서
보랏빛 비단 치맛자락
끌면서 이리로 온다.

(2015)

백매

— 김애란 피디

매화는 매환데 백매화
아직도 추운 계절에 저 혼자
새하얀 블라우스 차림

매운 향기 머금고 그래도
차마 울지는 못한다.

(2015)

앵초꽃

바라보기만 해도
가슴이 아프고

생각만 해도
눈물 맺혔다

도대체 너는
어디에 숨었다가

이제야 내 앞에
나타난 것이냐……

안아보기도 서러운
내 아기 내 아씨.

(2015)

야생화

— 백승숙 여사

마주 앉아만 있어도
열리는 풍경

생각만 해도 마음속에
흐르는 강물

두 사람 사이
두 사람 사이에

눈 감고 아무 말이 없어도
오가는 이야기

바라보기만 해도 글썽
눈물 고이던 날이 있었다.

(2015)

제비꽃 옆

또다시 봄 좋은 봄
죽었다 살아난 구름
낼름 헛바닥 내밀어
새하얀 솜사탕 한 점 베어 물고
오늘은 제비꽃 속으로 들어가
잠이나 청해볼까?
제비꽃은 진보랏빛
심해선 밖 바다 물빛
별빛 이불 덮고 잠이나 청해볼까?
오소소 추워라 잠이 오지 않는 밤
나도 내일엔 집 한 채 지어야겠다.

(2015)

꽃나무 아래

1
어느 강을 건너서
다시 너를 만나랴
어느 산을 넘어서
우리 다시 사랑하랴

가지 마 가지 마
꽃 피는 나무 아래
나 혼자 두고 가지 마
제발 가지 마라.

2
꽃 지는 나무 아래
내 이름 부르지 마요
가슴 아파 갈 길 못 가요

누군가 또 조그만 목소리로
흥얼거리고 있다

나 같은 사람 다시는
만나지 못할 거예요
그럴 거예요,

(2015)

벚꽃 이별

하늘 구름이 벚꽃나무에 와서 며칠
하늘 궁전이 되어서 또 며칠
부풀어 오르던 마음
세상을 다 가진 것 같은 마음
사랑이었네 그것은
나도 모르게 사랑이었네

바람 불어와 하늘 궁전 무너져 내려
꽃비인가 눈인가 날리는 마음
잘 가라 잘 살아라
나는 울어도 너는 울지 말아라
별이 되어 꽃이 되어
만날 때까지 우리 다시 그때까지.

(2015)

비파나무

왜 여기 서 있느냐
묻지 마세요
왜 잎이 푸르고
꽃을 피웠느냐
따지지 마세요

당신이 오기 기다려
여기 서 있고
당신 생각하느라
꽃을 피웠을 뿐이에요.

(2015)

겨울 장미

너를 사랑하고 나서
누구를 다시 더 사랑한다
그러겠느냐

조금은 과하게 사랑함을
나무라지 말아라
피하지 말아다오

하나밖에 없는 것이
정말로 사랑이라
그러지 않았더냐.

(2015)

목백합나무

하늘로, 하늘로 활활
타오르는 초록의 불길
흰 구름의 속살을 만지고 싶어
별들의 속삭임을 엿듣고 싶어
발돋움한 아이

스위스에 가보고 싶었다
가보지 못했다
이탈리아에 가보고 싶었다
가보지 못했다
스페인에도 가보고 싶었다
겨우 가보았다

가보고 싶었지만
끝내 가보지 못한 마음들이
다시 여름을 만나 키를 높이고 있다
열여섯 어린 날의 꿈.

(2015)

봉숭아 옆에

소낙비 맞아 통통
다리가 굵어진 봉숭아
여름방학을 맞아
대처에서 내려온 여고생

통통 굵은
새하얀 다리가 닮았다
붉은 입술
붉은 꽃잎이 닮았다

그렇게 오늘은 니들이
하늘 아래 제일로 예쁘다.

(2015)

채송화에게

길 가다가 멈춰
채송화에게 말을 걸었다

보고 싶다, 너는
내가 보고 싶지도 않니?

채송화 꽃잎은 다섯 장
저도 보고 싶어요

내 마음도 붉고
채송화 꽃잎도 붉다.

(2015)

물망초

꽃 같지도 않은데
꽃이네, 물망초

실연당하지 않았는데도
실연당한 것 같은 날

아이야 아이야
나도 좀 보아다오

꿈꾸듯 머언 하늘빛
작은 꽃하고 논다.

(2015)

오동꽃 5월

오동꽃 보랏빛 불 밝히는 5월은
아무 것도 하는 일 없이 문 열어 놓고
두 손으로 턱을 고이고 하루 종일
혼자서 앉아 있고만 싶다

바람도 없는데 하늘 바다에
오동꽃 초롱 바르르 떨 때
내 마음도 떤다야 너 보고 싶어 그런다야
멀리 있는 너를 두고 말하고 싶다.

(2015)

용담꽃

가을이라 저절로 눈이 밝아서
심해선 밖 바다 물빛
넘실대는 파도머리라도 보일 듯

가을이라 저 혼자 마음이 맑아서
하늘 향해 초롱꽃 입술
달싹달싹 무슨 말인지 하려고 할 듯

그런데, 그런데 애야,
너는 지금 어디에 있는 거냐?

(2015)

꽃신

꽃을 신고 오시는 이
누구십니까?

아, 저만큼
봄님이시군요!

어렵게 어렵게 찾아왔다가
잠시 있다 떠나가는 봄

짧기에 더욱 안타깝고
안쓰러운 사랑

사랑아 너도 갈 때는
꽃신 신고 가거라.

(2014)

솔체꽃

봄빛 속에서도
나는 손이 시립다

밝은 대낮에도
가슴은 엷은 보랏빛

손잡아 다오
손을 좀 잡아 주세요

마주 잡는 그 손도
차갑기는 마찬가지

밤새워 울면서
꽃수라도 놓았나 보다.

(2014)

술패랭이

해 저문 들길에
새 울음소리를 들었답니다

알 수 없는 처음 들어보는
새 울음이었답니다

당신 지금 어디 계십니까?
당신은 너무 멀리 계십니다

바람도 없는데 머릿칼 조금 날리고
마음도 조금 아팠답니다

해 저문 들길에서 나는 지금
당신이 너무 많이 보고 싶습니다.

(2014)

칸나

어디로 가야 너를 만날 수 있을까
꽃들은 시들고
나뭇잎은 나무에서
내려오기 시작하는데

뜨락의 저 붉은 칸나
시들 때 시들지 못하는
초록빛 너른 치마
저 붉은 입술, 입술

떠날 때 떠나지 못하는
누군가의 슬픔이여
잊을 것을 잊지 못하는
안쓰러운 목숨이여

어디로 가면 너를 다시 만날 수 있을까

이 가을에 이 가을,

이 가을에.

(2014)

아내의 꽃

분꽃이 피면
어머니 말씀
애야 보리쌀
깨끗이 씻어서 삶아
보리밥 지어라
생각이 나요

애야 배고프다
아직도 밥이 다
되지 않았느냐?
멀었느냐?
밥 재촉하시던 어머니
그리워져요

초가지붕 추녀 아래
매캐한 나무 연기 아래
아내 단발머리 시절
볼이 붉었을 그 시절.

(2014)

싸리꽃

호오이 산길 혼자서 걸어갈 때
누군가 아는 체 웃었다

좋은 사람 만나러 갔다가
허탕 치고 돌아오는 길

쓸쓸한 나 덜 쓸쓸해하라고
수풀 속에 흔들리는 보랏빛 웃음

빈 하늘도 네가 있어 그런 날
끝까지 서럽지는 아니했단다.

(2014)

팬지 · 3

자르르 요염기가 흘렀다
그래도 내숭을 떨고만 있으니
그냥 봐줄 수밖엔 없는 일

바람이 불 때
외로 고개를 꼴 때
머리칼이라도 조금 날릴 때

들키고 싶은 마음
끝내 속일 수는 없겠다.

(2014)

매화 아래

깨끗이 쓸어 논 마당을
밤사이 매화나무가
어질러 놓았다

비로 쓸고 있는 사이에도
후룩후룩 매화나무는
붓질을 했다

매화나무야 걱정 말아라
너는 그림 그리고
나는 그림 지우면 되니까.

(2014)

마른 꽃

가겠다는 말
차마 하지 못하고

헤어지자는 말
더더욱 하지 못하고

망설이고만 있다가
더듬거리고만 있다가

차마 이루지 못한 말로
굳어지고 말았다

고개를 꺾은 채
모습 감추지도 못한 채.

(2014)

모란꽃

― 이금희 아나운서

날마다 아침마다 아침마당
눈부신 모란꽃 이금희
이금희 아나운서
이슬 속에 피어 더욱 눈부셔라
보아도 또 보고 싶어라.

(2013)

55

족두리꽃

보고 싶은 마음 울컥
연락 없이 찾아갔더니

주인은 외출 중
대문은 잠겨 있고

바깥마당 화단에
집주인의 마음인 양

족두리꽃 두어 그루
피어 있었네

왕관초라고도
불리는 그 꽃

소낙비 맞고 더욱
예쁘게 피어 있었네.

(2013)

모란꽃 지네

모란꽃 지네 퍼얼럭
한 장의 손수건 내려앉듯이
바람도 없는데 춤을 추면서

모란꽃 좋아 모란꽃
언제까지고 그렇게
피어있을 줄 알았더니만

잠시 한눈파는 사이
딴 생각 하는 사이
모란꽃 지네 퍼얼럭

사랑도 그렇게 떠나가리라
모란꽃 사라진 뜨락
빈 가지에 가득한 적막, 그리움이여.

(2013)

다시 제비꽃

너를 알고 난 다음부터
눈이 작은 여자가 좋았다
키 작은 여자도 좋았다
보기만 해도 가슴이 철렁했다

짧은 봄이 오래도록 떠나지 않았다.

(2013)

꽃잎 · 3

철없음이여 당당함이여
함부로 여기저기 아무렇게나
흩어진 입술들이여

니들이 말하는 것은 무엇이든
사랑이 되고 노래가 되고
영원이 되지만

때로는 죽음, 깜깜한
적막이 되기도 한다
두려운 벼랑이 되기도 한다.

(2013)

꽃 · 9

웃어도 웃고 울어도 웃고 입을 다물어도 웃고 입을 벌려도 웃고 앉아
서도 웃고 서서도 웃고 누워서도 웃기만 하는 너! 숨이 넘어가면서도 웃
을 너! 아주 많은 너! 결국은 나!

(2013)

수수꽃다리

그 마을에 가서
외진 그 마을에 가서
계집애 하나 만났네

못생기고 조그맣고 키 작은 아이
새초롬 웃음이 수줍은 아이
안쓰러워라 안쓰러워라

연보랏빛 웃음 바람에 날릴 때
영영 돌아오지 않고
그 마을에 살고 싶었네.

(2013)

영산홍

네가 좀 더 보고 싶지 않아졌으면 좋겠다

바람에 부대끼다가
통째로 모가지 떨구고
모래밭에 뒹구는
붉은 꽃들의 허물

나도 너에게 좀 더 가벼운 사람이었으면 좋겠다.

(2013)

동백꽃 · 2

뜨거운 가슴 하나
피어서 지지 않는 동백꽃 한 송이
새하얀 맨발로 오늘도
시린 세상의 강물을 건너가리라

난아 난아
나의 사랑 난아.

(2013)

팬지 · 2

알프스 높은 산골짜기, 그리고 언덕
언덕 위에 작은 집
창가에 턱을 괴고 앉아있는 작은 여자아이

무엇을 생각하고 있는 거니?
그냥 앉아 있는 거예요
무얼 보고 있는 거니?
봄이 왔잖아요!

눈 녹은 물을 마시고 피어나는
맑은 영혼이 거기에 산다.

(2013)

난

허공을
베는
칼

어렵사리

꽃을
품기도
한다.

(2012)

연·2

연아 반갑다

5월이 가는 줄도
모르고 살았는데
여름이 오는 것을
연이 알려주네.

(2012)

* 위의 글은 아내 김성예가 입으로 말하는 것을 옆에서 듣고 받아서 쓴 것이다.

풀꽃·3

기죽지 말고 살아봐
꽃 피워봐
참 좋아.

(2012)

제비꽃 사랑

감춰놓고 기르는
딸아이 보듯

너를 본다

봄은 왔느냐?
또다시 통곡처럼
봄은 오고야 말았느냐?

어미 잃은
딸아이 보듯

숨어서 너를 본다.

(2012)

꽃·8

예뻐서가 아니다
잘나서가 아니다
많은 것을 가져서도 아니다
다만 너이기 때문에
네가 너이기 때문에
보고 싶은 것이고 사랑스런 것이고 안쓰러운 것이고
끝내 가슴에 못이 되어 박히는 것이다
이유는 없다
있다면 오직 한 가지
네가 너라는 사실!
네가 너이기 때문에
소중한 것이고 아름다운 것이고 사랑스런 것이고 가득한 것이다
꽃이여, 오래 그렇게 있거라.

(2012)

붉은 꽃 한 송이

나 외롭게 살다가 떠날 지구에
너라도 있어서 얼마나 좋은지 몰라

나 쓸쓸히 지구를 떠나는 날
손 흔들어 줄 너 한 사람이라도 있어서
얼마나 감사한지 몰라

나 지구를 떠나더라도 너 오래
푸르게 예쁘게 살다가 오너라

네가 살고 있는 한 지구는
따뜻하고 푸르고 꽃이 피어나는
생명의 별

바람 부는 지구 위에 흔들리는
너는 붉은 꽃 한 송이.

(2012)

연·1

오래
기다리셨습니다

드릴 것은
조그만 마음뿐입니다

부디 오래
머물다 가십시오

바람에겐 듯
사랑에겐 듯.

(2012)

개양귀비

생각은 언제나 빠르고
각성은 언제나 느려

그렇게 하루나 이틀
가슴에 핏물이 고여

흔들리는 마음 자주
너에게 들키고

너에게로 향하는 눈빛 자주
사람들한테도 들킨다.

(2011)

꽃그늘

아이한테 물었다

이담에 나 죽으면
찾아와 울어줄 거지?

대답 대신 아이는
눈물 고인 두 눈을 보여주었다.

(2011)

제비꽃·5

눈이 작은 아이 하나
울고 있네
흐린 하늘 아래

귀가 작은 아이 하나
웃고 있네
해가 떴다고.

(2011)

목련꽃 낙화

너 내게서 떠나는 날
꽃이 피는 날이었으면 좋겠네
꽃 가운데서도 목련꽃
하늘과 땅 위에 새하얀 꽃등
밝히듯 피어오른 그런
봄날이었으면 좋겠네

너 내게서 떠나는 날
나 울지 않았으면 좋겠네
잘 갔다 오라고 다녀오라고
하루치기 여행을 떠나는 사람
가볍게 손 흔들듯 그렇게
떠나보냈으면 좋겠네

그렇다 해도 정말
마음속에서는 너도 모르게
꽃이 지고 있겠지
새하얀 목련꽃 흐득흐득
울음 삼키듯 땅바닥으로
떨어져 내려앉겠지.

(2011)

쑥부쟁이 · 2

오늘도 너의 마음 하나
얻지 못하여 쓸쓸한 날
혼자서 산길을 가면서
가을꽃 본다

무얼 그러시나요?
살아 있는 목숨만이라도
고마운 일 아닌가요?
쑥부쟁이 연한 바다 물빛
꽃송이를 흔든다.

(2011)

섬수국

하늘나라의 별들이
땅으로 내려왔네

멀고 먼 하늘나라
혼자서 반짝이기
너무나 외로워

땅으로 내려와
꽃이 되었네

꽃이라도 하나
둘이 아니라
여럿이 한데 모여
다발 꽃이 되었네

총총총
별을 안은
꽃다발이 되었네.

(2011)

옥잠화

장마의 늪과
소나기의 숲에서
건져 올린 수녀의 영혼

하늘 향해 길게 피워 올리는
새하얀 그리움의
나팔 소리

까닭 없이 부끄러운 마음이
거기에 산다.

(2011)

그래서 꽃이다

나는 구름 위에 있는데
너는 구름 아래 있구나

나는 너를 보고 있는데
너는 나를 보지 못하고 있구나

어쩌면 좋으냐?
어쩌면 좋단 말이냐?

나는 울고 있는데
너는 웃고 있구나.

(2011)

* 논산 햇님쉼터한의원에서.

물봉선

화를 내면 안 되는데
안 되는데 그러면서
또 화를 내고

후회하면 안 되는데
안 되는데 그러면서
또 후회를 하고

부서진 마음 데리고
산속에 와 혼자
쪼그리고 앉아서
물봉선 본다

따가운 가을볕에 익어서
물봉선은 꽃 자줏빛
부서진 마음도 꽃 자줏빛.

(2011)

봉숭아 · 2

길가에 봉숭아 꽃 피었구나
다가가 그 옆에 쪼그리고 앉는다

힘들었지? 올여름 나기
참말 힘들었지?
나도 힘들었단다

봉숭아가 새빨간 입술을 달싹이며
무슨 말인가 하려고 한다
그래, 알았다 알았어

봉숭아 씨앗 주머니를 탁!
터뜨려준다.

(2011)

매화꽃 달밤

아내 일찍
잃은 사람의 마음이 되어
매화나무에게 말을 한다

네가 어찌
내 마음을 알겠니?

해마다 새잎 나고
꽃이 피는 네가 어찌
내 마음을 짐작이나 하겠니?

아니, 해마다 새잎도 나지 않고
꽃도 피지 않는 내가 어찌
네 마음을 안다고 하겠니?

(2011)

개화

우리 아기 아는 말은
딱 한마디 엄마라는 말

엄마 손 잡고 길을 가다가
손가락으로 가리키며
엄마, 엄마 부를 때

집들도 꽃으로 피어나고
나무도 꽃으로 피어나고
담장 위의 나팔꽃도 꽃으로 피어나고
하늘도 꽃으로 피어난다

엄마도 정말
엄마란 꽃으로 피어난다.

(2011)

꽃잎·2

천사들이 신었던
신발이 흩어져 있네

미끄럼틀 아래
그네 아래 그리고
꽃나무 아래

무슨 급한 일이 있어
천사들은 신발을 버려둔 채
하늘나라로 돌아간 것일까?

(2011)

수선화 · 3

잘못했습니다
잘못했습니다
참말 잘못했습니다

열 번 스무 번 무릎 꿇고
자복하고 용서를 빌 때
봄은 봄이다

탁, 하고 마른 나무
가지마다 잎눈 꽃눈은
열리고

마른 땅에서 수선화 꽃 대궁
물 먹은 붓끝을 불쑥
밀어올리기도 할 것이다.

(2011)

수선화 · 2

하도 많이 웃어서
진노랑 빛

하도 많이 웃어서
오리 주둥이

키 작은 나를 보고서도
재미있다 깔깔대지만

제 키가 얼마나 작은지
수선화는 알지 못한다.

(2011)

구절초 · 2

마디마디 아홉 마디 새하얀 그리움
오래 기다린 사람의 냄새가 난다
오래 기다리다가 떠나간 사람의
눈빛이 숨었다
흘러가는 구름에도 씀벅
고이는 눈물
한 왕조가 무너져 내리는 슬픔으로
이 가을도 이렇게 간다고 그러랴!

(2011)

꽃 · 7

다시 한 번만 사랑하고
다시 한 번만 죄를 짓고
다시 한 번만 용서를 받자

그래서 봄이다.

(2011)

꽃 · 6

누군가 이 시간 당신을
사랑하는 사람이 있다고 생각하면
살맛이 날 것이다

어딘가 이 시간 당신을 위해
기도하는 사람이 있다고 생각하면
더욱 살맛이 날 것이다

더구나 당신이 세상으로부터
사랑받는 사람이라고 생각한다면
드디어 당신은 꽃이 될 것이다

팡! 터져버리는 그 무엇
알 수 없는 은은한 향기, 그것은
쉬운 일이기도 하고
어려운 일이기도 하다.

(2011)

팬지·1

얘는 꼭 이맘때
길거리에 나온다

아직은 찬바람 남아서
옷소매 치울 때

꽃등 들고 나와
미리 오는 봄을 맞는다

다른 꽃들 나오기 시작하면
뒷걸음질로 숨는 아이

이 아이 다시 보려면
1년은 또 기다려야만 한다.

(2011)

꽃·5

아무렇게나 저절로
피는 꽃은 없다

누군가의 억울함과 슬픔과
기도가 쌓여 피는 꽃

그렇다면 산도 바다도
강물도

하늘과 땅의 억울함과 슬픔과
기도로 피어나는 꽃일 것이다.

(2010)

2부   꽃 피워봐

강아지풀에게 인사

혼자 노는 날

강아지풀한테 가 인사를 한다
안녕!

강아지풀이 사르르
꼬리를 흔든다

너도 혼자서 노는 거니?

다시 사르르
꼬리를 흔든다.

(2010)

풀꽃과 놀다

그대 만약 스스로

조그만 사람 가난한 사람이라 생각한다면

풀밭에 나아가 풀꽃을 만나보시라

그대 만약 스스로

인생의 실패자, 낙오자라 여겨진다면

풀꽃과 눈을 포개보시라

풀꽃이 그대를 향해 웃어줄 것이다

조금씩 풀꽃의 웃음과

풀꽃의 생각이 그대 것으로 바뀔 것이다

그대 부디 지금, 인생한테

휴가를 얻어 들판에서 풀꽃과

즐겁게 놀고 있는 중이라 생각해보시라

그대의 인생도 천천히
아름다운 인생 향기로운 인생으로
바뀌게 됨을 알게 될 것이다.

(2010)

풀꽃·2

이름을 알고 나면 이웃이 되고
색깔을 알고 나면 친구가 되고
모양까지 알고 나면 연인이 된다
아, 이것은 비밀.

(2010)

동백 · 1

짧게 피었다 지기에
꽃이다

잠시 머물다 가기에
사랑이다

눈보라 먼지바람 속
피를 삼킨 통곡이여.

(2010)

오랑캐꽃

보랏빛 블라우스 바람에 날려서
내 마음도 바람에 슬었지요
초록의 주름치마 바닷물빛 젖어서
나도 그만 바닷물빛 울었지요
그곳이 어디였더라?
햇볕 바른 낡은 성터 어느 언저리.

(2009)

민들레꽃

세상의 날들이
곳간에 다락같이 쌓아놓은
곡식의 낱알 같은 것이 아니라
하루나 이틀이면 족하지
무엇을 더 바라겠는가?
하늘을 바라보고 눈물 글썽일 때
발밑에 민들레꽃
해맑은 얼굴을 들어 노랗게
웃어주었다.

(2009)

서양 붓꽃

거짓말인 줄 알면서도
눈물 납니다

꽃이 진다고 세상이
달라질 것도 없는데

가슴이 미어집니다.

(2009)

꽃 피는 전화

살아서 숨 쉬는 사람인
것만으로도 좋아요
아믄, 아믄요
그냥 거기 계신 것만으로도 참 좋아요
그러엄, 그러믄요
오늘은 전화를 다 주셨군요
배꽃 필 때 배꽃 보러
멀리 한 번 길 떠나겠습니다.

(2008)

혜화동 네거리

봄 가까운 길모퉁이
저 혼자 웃고 있는
꽃 한 송이를 만났다

오랫동안 마음에 두고 살던 사람
건널목에서 바쁘게
손을 잡았다 놓아버렸다

부디 돌아가 꽃 한 송이 만났노라
떠들지 말 일이다
어여쁜 사람 다시 보았노라
소문내지 말 일이다.

(2008)

연꽃

마음을 좀 보여달라고 그러자
말 없이 보오얀 맨발을 뽑아 보여주는
한 아낙이 있었습니다

봄비에 미나리 빛 웃음 하나로
봄비에 미나리 빛 웃음 하나로

그때부터
조바심하지 않고 그 아낙을
그리워할 수 있게 되었습니다.

(2008)

연꽃 그림

연꽃을 보러 갔지만 번번이
활짝 핀 꽃은 보지 못하고
연꽃 봉오리만 보고 왔지요

더러는 연꽃 진 자리
연밥 송아리만 몇 개
눈여겨보다 왔지요

사실은 그대 만나러 갔지만 번번이
그대 웃는 얼굴 보지 못하고
연꽃만 보고 왔지요

연꽃 가운데서도 봉오리 진
애기연꽃이나 연밥 송아리만
하염없이 바라보다가 돌아왔지요.

(2008)

동백꽃 · 1

눈이 그쳤다
통곡 소리가 그쳤다

애달픈 음악소리도 멈췄다

누군가를 가슴에 안고
붉은 꽃 한 송이 피워내던 일 또한
잠깐 사이다

다만 허공에 어여쁜
피멍 하나 걸렸을 뿐이다.

(2007)

투화投花

꽃을 던져라

못 잊을 사람 더욱
잊지 않기 위하여

사랑한 사람 더욱
사랑하기 위하여

하늘 심장에 바다의 중심에
돌팔매질을 하듯

실패한 인생의 화려한 경륜 앞에
경멸의 찬사를 던져라

끝내는 잊어야 할 사람
서둘러 잊기 위해 꽃을 던져라.

(2007)

카네이션

나 같은 것도 어버이라고
꽃을 받는다
병원 침대에 누워
어질어질한 정신으로
어버이날 꽃을 받는다
하얀 꽃 카네이션 아니라
붉은 꽃 카네이션
고맙고 눈물겹지만
실은 많이 부끄럽다.

(2007)

카네이션을 어머니께

나, 참으로 오랫동안 어머니 가슴에
지워지지 않는 자줏빛 얼룩이었고
아프고도 아린 돌멩이였습니다
어머니, 세상에 맨 처음 사랑하신 분
오늘은 나 어머니 가슴에 기쁨의
한 송이 꽃이고 싶습니다
하얀 꽃 아니라 붉고도 고운
한 송이 꽃이고 싶습니다.

(2007)

꽃이 되어 새가 되어

지고 가기 힘겨운 슬픔 있거든
꽃들에게 맡기고

부리기도 버거운 아픔 있거든
새들에게 맡긴다

날마다 하루해는 사람들을 비껴서
강물 되어 저만큼 멀어지지만

들판 가득 꽃들은 피어서 붉고
하늘가로 스치는 새들도 본다.

(2007)

무궁화 꽃이 피었군요

— 이제인 시인에게

무궁화 꽃이 피었군요
장미꽃이 핀 줄은 이미 알고 있었지만
방 안에 갇혀 있던 다섯 달 사이

처음 멀리 계단을 올라
뚝방이 있는 곳까지 가 보았더니
무궁화 꽃 위로 잠자리들도 날고 있더라구요

달맞이꽃은 이미 피었다 지고 있고요
습기 머금은 바람 풀꽃 내음 머금은 바람
후끈 코끝에 스며들어요
개망초 꽃들도 새하얗게 피어 있구요

다들 반가워요
잘들 있어줘서 고마워요.

(2007)

꼬리풀들에게

꼬리풀들아, 안녕!

이젠 알아볼 만하겠지?

늬들이 아주 어렸을 때부터

늬들 앞에 자주 와 앉아있던 사람이야

나무의자에서 때로는 휠체어에 앉아서

호이호이 숨을 몰아쉬기도 하면서 바라보았지

가느다란 줄기가 올라오고 이파리가 나오고

다시 줄기가 자라고 이파리가 나오고

이거 첨 보는 친군데

잡풀일까 꽃일까

잡풀이라면 왜 꽃밭에 심었겠어?

자주 중얼거리던 말을 들었을 거야

그런 뒤로 늬들은 꽃대를 내밀고

꽃을 피우기 시작했지

순한 짐승의 꼬리처럼 가느다란 꽃대에 다닥다닥 올려 붙은

연한 하늘빛, 조그맣다 못해

눈에 잘 보일까 말까 아주 작은 종 꽃부리

그 종 꽃부리에서 흘러나오는 연한 하늘빛 소리 듣고 싶어

따가운 햇살을 등에 받으며 매미소리 들으며

얼마동안이고 앉아있기도 했었지

그러나 꼬리풀들아, 나도 이젠 이곳을

떠날 때가 가까웠단다

그동안 즐거웠고 고마웠구나

꼬리풀들아, 정말로 안녕!

(2007)

꽃 · 4

가깝지 않지요
아주 멀리 그대 살고 있기에
오늘도 나 이렇게 싱싱한 풀입니다

숨소리 들리지 않지요
아스라이 그대 숨소리 향기롭기에
오늘도 나 이렇게 한 송이 꽃입니다

풀 가운데서도
세상에서는 없는 풀이요
꽃 가운데서도
눈에 보이지 않는 꽃입니다.

(2006)

동백정 동백꽃

지더라도 한 잎씩
지는 게 아니라
송두리째 지고 있더라

죽더라도 괴로운
표정 아니라
웃는 얼굴 그대로 죽고 있더라

뚝, 뚝, 뚝,
그건 누군가의 붉은 울음
붉은 영혼

주워서 네 손에 쥐어주고 싶었다
한 송이 아니라 여러 송이
손아귀 가득 쥐어주고 싶었다.

(2006)

배꽃 지다
— 하동 꽃길 · 2

여기도 하얀 구름 저기도 하얀 구름
눈이 부셔 어디에도 눈 돌릴 곳 하나 없네
얼결에 너무 좋아서 내지르는 소리, 소리!

꽃 좀 봐 배꽃 좀 봐 내 배꼽 좀 보아요
배꽃을 배꼽이라 잘못하여 소리 낸 뒤
까르르 나뭇가지에 새 꽃으로 피어나네

올해도 만났군요 꽃이 되어 오셨군요
소식 없이 왔다가 자취 없이 가는 당신
나 또한 당신 앞에선 꽃으로 지고 싶어.

(2006)

배꽃 달밤
— 하동 꽃길 · 1

배꽃 질 땐 미쳤지요 나무 아래 미쳤지요
한잔 술에 취한 그대 헤어지자 울먹이고
달밤에 눈인 양 배꽃 흩날리던 달밤에.

(2006)

낙화 앞에

고개를 돌리지 마시기 바래요
부디 찡그린 얼굴 하지 마시기 바래요

나, 꽃이 지고 있는 동안만
당신 앞에 서 있을려고 그럽니다

바람 없이도 펄펄 떨어지는 꽃잎은
당신 발밑에 당신 옷섶에 꽃잎의 수를 놓습니다

더러는 당신 머리칼 위에
어여쁜 머리핀 되어 얹히기도 합니다

부디 슬픈 생각 갖지 말아요
두 눈에 눈물 머금지 마시기 바래요

꽃이 다 지고 나면 나도
당신 앞을 떠나가려 그럽니다.

(2006)

줄장미꽃·3

컹, 컹, 컹, 개 짖는 소리
붉은 꽃송이 속에서 여러 마리의
개들이 입을 모은 그것은
비난이었을까 적의였을까
들어오지 마시오
가까이 오면 안 되오
텅 비어있는 마당
가득 고여 일렁이는 햇살
그러나 나는 끝내, 문안으로
들어설 수가 없었다.

(2006)

은방울꽃

누군가 혼자서 기다리다
돌아간 자리
은방울꽃 숨어서
남몰래 지네

밤마다 밤마다
달빛에 머리 감고
찬란한 아침이면
햇빛에 몸을 씻고

누군가 혼자서
울다가 떠나간 자리
어여뻐라 산골아씨
또다시 왔네.

(2006)

산수유꽃만 그런 게 아니다

이름을 알게 되면
자주 눈에 띈다

사랑하는 마음을 갖게 되면
더욱 자주 눈에 띈다

그리워하게 되면
못 잊는 그 무엇이 된다

마침내 눈앞에서 사라졌을 때
가슴속으로 들어와 꽃으로 바뀐다.

(2005)

노랑

그 사람을 생각하며
꽃을 샀다

지금은 먼 곳에 있어
꽃을 받을 수 없는 사람

우리는 비탈길을 걸으면서
다리가 아팠었지

봄이다
푸리지아.

── 딸아이를 생각하며/ 꽃을 샀다// 지금은 먼 곳에 있어/ 꽃을 받을 수 없는 그 아이// 우리는 비탈길을 걸으면서/ 다리가 후들거렸지// 딸아이 방에 꽃을 꽂아본다// 빈 방이 화들짝/ 잠에서 깨어난다// 봄이다/ 푸리지아.

(2005)

산딸나무

나비 나비 산나비
산나비라도 새하얀 산나비떼
대가족 제도로 날아와 떠나가질 않네
바람 불어도 날아갈 줄 모르네

첩첩산중에
나지막한 나무 한 그루
그 이마와 머리칼 위
새하얀 십자가 무더기로 내렸네.

(2005)

꽃향유

결코 오래전 일이 아니다
지난해 가을서부터 눈에
들어오기 시작하더니
올 가을엔 무더기로 눈에 띄는 것이었다

길가에서고 풀숲에서고
진보랏빛 울음을 물고 향기를 깔고
이쪽을 붙잡고 놓아주지 않는 꽃

꽃향유란 이름을 알게 된 것도
결코 오래전의 일이 아니다
지난해 늦가을 나 좋은 사람
어여뻐 못 잊는 한 사람 함께
눈 맞춘 뒤서부터의 일이다

꽃송이 하나하나가 그 사람 슬픈 듯

기꺼운 듯 웃음이 되고 몸 내음 되어

나를 놓아주지 않는 것이었다.

(2005)

봄맞이꽃

봄이 와
다만 그저 봄이 와
파르르 떨고 있는
뽀오얀 봄맞이꽃
살아 있어 좋으냐?
그래, 나도 좋다.

(2005)

꽃을 꺾지 못하다

지난해 둘이 와 둘이 꺾던 꽃
이름이 꽃향유라 그러했지요
진한 보랏빛 미소
들어 있는 가을 들풀꽃
올해는 혼자 와서 꽃을 봅니다
돌아온 그대 미소 혼자 봅니다.

(2005)

구절초 · 1

절 마당 가득 피어 있던
새하얀 꽃
절 표지판 서 있는
입구까지 마중 나와
웃고 계시는군요

관음보살님.

(2005)

제비꽃 · 4

중독되었네

새파랗고
섧은 눈

노려보는
눈.

(2004)

산수유꽃 진 자리

사랑한다, 나는 사랑을 가졌다
누구에겐가 말해주긴 해야 했는데
마음 놓고 말해줄 사람 없어
산수유꽃 옆에 와 무심히 중얼거린 소리
노랗게 핀 산수유꽃이 외워두었다가
따사로운 햇빛한테 들려주고
놀러온 산새에게 들려주고
시냇물 소리한테까지 들려주어
사랑한다, 나는 사랑을 가졌다
차마 이름까진 말해줄 수 없어 이름만 빼고
알려준 나의 말
여름 한 철 시냇물이 줄창 외우며 흘러가더니
이제 가을도 저물어 시냇물 소리도 입을 다물고
다만 산수유꽃 진 자리 산수유 열매들만
내리는 눈발 속에 더욱 예쁘고 붉습니다.

(2004)

133

능소화 · 2

누가 봐주거나 말거나
커다란 입술 벌리고 피었다가,
뚝

떨어지고 마는 어여쁜
눈부신 하늘의
육체를 본다

그것도 비 내리시는 이른 아침

마디마디 또다시 일어서는
어리디 어린 슬픔의
누이들을 본다, 얼핏.

(2004)

영춘화

너무 일찍 왔다고
너무 일찍 와
아는 사람 만나는 사람도
없었노라고
울먹이며 돌아서는
가여운 어깨
갈래머리여

올해도 봄은 와
먼지바람만 날린다.

(2003)

백목련 · 2

해마다 백목련은

우리 아들을 위해 피는 꽃이에요

우리 아들 낳을 때 백목련이 폈거든요

백목련이 피면 가슴이 두근거리고

마음만 바빠져요

애 낳으러 가야지

애 낳으러 갈 채비를 서둘러야지

올해도 그렇게 백목련은 피어나고

다시 한 번 나는 불끈

우리 아들을 낳아버렸어요.

(2003)

수국·2

이슬비 는개
자욱한 날
성장盛裝 차림으로
집을 나와 버린 젊은 아낙네

분홍빛 저고리
비에 젖어서
보랏빛 치맛자락
바람에 날려

우산을 씌워서
가려 주고 싶다
살갗에 돋은
소름의 얼룩.

(2003)

벚꽃 아래

신부가 되었다가 티밥이 되었다가
흰 눈이 되었다가 흰나비 되었다가
에라 모르겠다 네 마음대로 되거라

왕벚꽃나무, 활짝 폈다 서둘러
옷을 벗는 벚꽃 아래.

(2003)

풀꽃 · 1

자세히 보아야
예쁘다

오래 보아야
사랑스럽다

너도 그렇다.

(2002)

붉은 꽃

꽃철에 찾아오는 재채기

어디선가 숨어 있는 꽃이
나 보고 싶어 보내는 신혼가,
꽃은 보이지 않는데 재채기만
연거푸 찾아온다

그대 가슴에 붉은 꽃
한 점, 혹은 두어 점.

(2002)

둥굴레꽃

늙은 여자 무당이 혼자 사는 집
열려 있는 날보다 대문간에
자물쇠 채워지는 날 더 많은 집

그 집으로 올라가는 비탈길
좁은 화단의 흙을 비집고
둥굴레꽃이 솟아 나와 꽃을 맺었다

무당을 닮아 살그머니 허리가 굽은 꽃
눈썹도 무당을 닮아 포로소롬
어여쁘게 휘어진 꽃

굽은 허리 휘어진
눈썹에 흰 구름이
걸려서 논다.

(2002)

꽃잎·1

활짝 핀 꽃나무 아래서
우리는 만나서 웃었다

눈이 꽃잎이었고
이마가 꽃잎이었고
입술이 꽃잎이었다

우리는 술을 마셨다
눈물을 글썽이기도 했다

사진을 찍고
그날 그렇게 우리는
헤어졌다

돌아와 사진을 빼보니
꽃잎만 찍혀 있었다.

(2002)

그 마을에 가서

사람들이 코스모스 꽃길을 걷고 있습니다
엄마도 아기 손을 잡고 걷고 있습니다
막일꾼도 연장그릇을 어깨에 메고
휘적휘적 걷고 있습니다

사람들은 코스모스 꽃길을 걸으며
코스모스 꽃잎에 와서 흔들리는
바람의 손길을 느낍니다
꿀을 따러 온 말벌들의 안타까움도 느낍니다

그 마을이 아름다운 건
코스모스 꽃이 피어 있기 때문이 아닙니다
그 마을에 당신이 살고 있기 때문입니다

당신이 숨 쉬고 있는 지구가 참 푸르고도
아름답습니다.

(2001)

산촌엽서

고개
고개 넘으면
청산

청산
봉우리에 두둥실
향기론 구름

또닥또닥
굴피 너와집*에
칼도마 소리

볼이
붉은 그 아이
산처녀 그 아이

산제비꽃 옆

산제비꽃 되어

사네

산벚꽃 옆

산벚꽃 되어

늙네.

(2001)

* 굴피 너와집: 참나무의 두꺼운 껍질(굴피)을 기와 대신 지붕으로 얹어 지은 집
  (너와집).

— 살구꽃 피고 또 피고 웬수 같은 봄은 또다시 와서 풀은 푸르러 가슴속도 푸르러
작정 없이 봄은 서럽다. 나무에 물이 오르듯 벌레가 잠에서 깨어나듯 사람도 그래
보고 싶은 것일까. 오얏꽃 지고 또 지고 지랄 같은 봄은 또다시 저물어 유리잔 가
득 울컥 솟구치는 울음. 맑은 술이 되어 찰랑거리다.

꽃 피우는 나무

좋은 경치 보았을 때
저 경치 못 보고 죽었다면
어찌했을까 걱정했고

좋은 음악 들었을 때
저 음악 못 듣고 세상 떴다면
어찌했을까 생각했지요

당신, 내게는 참 좋은 사람
만나지 못하고 이 세상 흘러갔다면
그 안타까움 어찌했을까요……

당신 앞에서는
나도 온몸이 근지러워
꽃 피우는 나무

지금 내 앞에 당신 마주 있고
당신과 나 사이 가득
음악의 강물이 일렁입니다

당신 등 뒤로 썰렁한
잡목 숲도 이런 때는 참
아름다운 그림 나라입니다.

(2001)

백목련·1

젊어서 곱살했을 한때는
한약방 집 첩실이었던 아낙
지난해 겨울, 팔을 다쳐
붕대로 팔을 묶어 어깨에 메고
전실 아들이 대신해서 살고 있는
남편네 집 앞길을
어슬렁어슬렁 지나가고 있다

상한 짐승이 되어.

(2001)

애기똥풀·2

무릎걸음으로
앉은뱅이걸음으로
애기똥풀꽃들이 처마 밑
물받이 홈통 가까이까지 와
피어 있다

풀꽃 이름
많이 아는 것이
국어 사랑이고
국어 사랑이 나라
사랑이란다

중학교 때 국어 선생님이
애기똥풀꽃 속에서
동그란 안경을 쓰고
웃고 계셨다.

(2001)

149

목백합나무 그늘 아래 서서

목백합나무 그늘 아래 서서
하늘을 바라보는 것은 기분 좋은 일이다
길을 가다가 가다가
다리 아픈 날
공주의 길거리에 일곱 그루밖에 안 되는
목백합나무 가로수
그 가운데 한 그루 목백합나무
그늘에 잠시 멈춰 서서
하늘을 바라보는 것은 마음 편한 일이다

향기로운 바람이라도 스치는가
목백합나무 푸르고 너른 이파리가
너울거린다
먼데 하늘에 우레라도 번지는가
부풀어 오르던 흰 구름이 빠르게
흩어진다

너무나 멀리 왔구나

목백합나무 그늘 아래 서서

떠나온 길목들을 떠올려

남은 날들을 가늠해보며

나도 이제는 한 줌의 향기로운 바람이

되었으면 생각해본다

먼먼 하늘 흰 구름

흰 구름이 되었으면 꿈꾸어본다.

(2000)

애기똥풀·1

에그그 애기똥풀
꽃피어 진노랑 천지네
삼칠일이나 겨우
지났을까 말까한 애기

오로지 엄마 젖만 빨고서도
하늘 청청 고운 울음소리
햇빛 눈부신 웃음소리
만들어낼 줄 아는 우리 애기

올해도 어렵사리 새봄은 찾아와
애기 똥물 아낌없이 받아낸 애기 기저귀
들판 가득 풀어 널어 바람에 날리우니
적막한 들판 오로지
늬들 땜에 자랑차누나.

(2000)

봉숭아 · 1

헐어진 헛간채
누이가 마중 나와
울고 있다
초록 저고리 다홍치마

시집갔다 쫓겨 온
그날의 차림새 그대로
집 나간 오래비 기다려
쪼그려 앉아 울고 있다.

(2000)

분꽃 · 3

개울가에 외딴집
분꽃들이 피었다
하양 빨강 어쩌다 노랑
혼자 사는 아낙네
빨래 걷는 저녁때
아직은 가슴속에
입 벌린 소망과 슬픔
보고 가라 이른다.

(1999)

산란초

누군가 지난 가을
산에서 캐다가 아무렇게나
질그릇 화분에 심어 논
산란초

겨우내 돌보지 않고
뜨락 구석지 내박쳐 뒀는데
봄 되자 꽃대를 내밀었다
그것도 세 놈이나 나란히

아마 그랬을 것이다
이왕 죽을 거라면
꽃이나 한 번 피워보자고
죽자 사자 꽃대나 한 번
기차게 올려보자고

봄이 와 죽자 사자 책가방 메고
학교로 가 새로운 공부를
시작하는 아이들
퇴출 될까 눈치 보며
죽지 못해 감봉을 감수하고
일터에 빌붙어 사는 어른들

봄이 오자 그늘진 뜨락에
버려 둔 산란초꽃
세 송이나 꽃을 벌었다.

(1999)

풀꽃 그림

조그만 풀꽃 뒤에
아리땁고 사랑스런
어린아이의 모습이 어른거린다

울고 있는 것일까?
그 아이는
웃고 있는 것일까?
지금

기꺼운 듯 슬픈 듯
아슴푸레 미소짓는
아이의 얼굴

그래서 쇠별꽃은 그냥

쇠별꽃일 수 없고

앉은뱅이꽃 또한 그냥

앉은뱅이꽃일 수만은 없다.

(1999)

민들레

우주의 한 모서리

스님들 비우고 떠나간 암자
늙은 무당이 흘러, 흘러 들어와
궁둥이 붙이고 사는 조그만 암자
지네 발 달린 햇빛들
모이는 마당가 장독대
깨어진 사금파리 비집고
민들레는 또 한 차례의 생애를
서둘러 완성하고
바람결에 울음을 멀리
멀리까지 날려보내고 있었다

따스한 봄날 하루.

(1999)

붓꽃·2

슬픔의 길은
명주실 가닥처럼이나
가늘고 길다

때로 산을 넘고
강을 따라가지만

슬픔의 손은
유리잔처럼이나
차고도 맑다

자주 풀숲에서 서성이고
강물 속으로 몸을 풀지만

슬픔에 손목 잡혀 멀리
멀리까지 갔다가
돌아온 그대

오늘은 문득 하늘
쪽빛 입술 붓꽃 되어
떨고 있음을 본다.

(1999)

쑥부쟁이 · 1

개울을 거슬러
거슬러 올라오시오

외다리 짚고 서서
고기 찍고 있는 해오라기
두어 마리 만날 수 있을 거요

더 위로 거슬러
거슬러 올라오시오

고삐에 매여서도
마른 풀잎 씹고 있는
누렁소 한 마리
검정염소 또 몇 마리
만날 수 있을 거요

물소리 높아졌다가
자지러지는 곳쯤에서
나를 찾으시오

서리 내린 뒤에도
하늘 향해 웃고 있는
연보랏빛 쑥부쟁이
몇 송이, 그게 나요

나한테 하고 싶었던
말씀 있거든
그 쑥부쟁이한테
놓고 가시구려

쑥부쟁이 바람에
고개를 흔들거든
당신의 말씀
알아들은 줄
아시구려.

(1999)

나팔꽃 · 3

산 높고 푸르고
물 맑고 그윽한 고장
경기도 여주 양평
스쳐 지나가는 길가에
세월초등학교

'사랑하는 우리 학교
분교가 웬 말이냐!'
총학부형회 이름으로
교문 앞에 붉은 머리띠를
두르고 울먹이고 있었다

일찍이 문화의 중심지요
놀이의 큰 마당이자
마음의 고향이었을 이곳
세월초등학교

그 좋던 세월 다 까먹고
아이들마저 방학하여
빈 학교 운동장 가
나팔꽃들만 피어 오근조근
새파란 입을 벌리고 있었다.

(1999)

꽃·3

꽃을 보라!

눈여겨 꽃을
노려보고 있노라면
푸들푸들 살아나기 시작하는
선, 선, 꽃잎의 선

꽃 속에 고향으로 돌아가는
꼬불꼬불 고갯길이
아득한 가늘은 들판길이
숨었다

꽃 속에 보리밥도 없어
끼니를 거르고 돌아앉아
한숨 쉬던 젊으신 어머니
둥그스름한 어깨
어린 누이들의 야윈 볼따구가
숨었고

꽃 속에 갓난애기
포대기에 싸안아 업고
지아비 마중 나선
해 저물녘의 한 지어미가
살고 있다

꽃 속에 충동적으로
부풀어 오른 옷 벗은 여인네
푸진 엉뎅이 빠알간
입술이 벙싯거리기도
하느니

아으, 이
짜릿한 거!

(1999)

168

개망초

학명은 개망초, 사전에도 그렇게 나온다. 내가 어려서는 풍년초라 불렀고 더러는 담배나물이라 불렀다. 풍년 들기를 바라는 마음들이 그런 이름을 생각해내게 했고 담배가 귀하던 시절이라 그리 불렀던가 보다. 그러나 요즘 아이들은 똑같은 풀을 계란꽃이라 부른다. 새하얀 꽃판이 계란의 흰자같이 보이고 노오란 꽃심이 노른자로 보였던 모양이다. 이거야말로 계란이 귀하고 귀하던 우리들 어린날에는 상상조차 할 수 없던 꿈이요, 유추類推가 아니던가. 하나의 꽃, 꽃 이름을 두고서도 생각하는 바 꿈꾸는 바가 참으로 멀고도 가깝다.

(1999)

놀러 오는 백두산

다시 한 번 백두산에 가보고 싶다. 중국 심양과 연길, 그리고 용정을 돌아서 분별없이 엉겁결에 찾은 백두산. 1년 동안 겨우 세 달만 몸을 열어 사람들 잡스런 발길을 허락한다는 백두산. 만주자작나무 수풀, 장백 미인송림을 지나 끝내 사스레나무 수풀의 손길을 뿌리치고 다다른 천지. 하늘의 유리 거울이 온통 거꾸로 내려와 되레 하늘의 속살을 되비추던 맑고 푸른 천지의 물빛. 차라리 나팔꽃 진보랏빛. 두 눈에 피잉 눈물 고이고 가슴 두근거려지는 정도를 지나 온몸이 쩌르릉 울리던 그 감격도 감격이려니와 무엇보다도 나는 백두산의 풀들과 다시 만나고 싶다. 백두산에서 볼일 보면 안 된다니까 종일 볼일 보고서도 남을 만큼 커다란 그릇도 하나 장만해 가지고 점심도 싸 가지고 가 먹고 볼일도 보아가면서 백두산 꽃들 옆에서 백두산 꽃들과 함께 백두산 햇빛 받으며 백두산 바람 속에 백두산 꽃들처럼 웃으며 하루만 나부끼다 오고 싶다. 하루만 백두산 꽃들과 함께 놀다 오고 싶다. 김태정 교수가 지은 『백두산의 우리 꽃』이란 책을 가지고 가 이름 모르는 꽃을 만나면 책을 펴놓고 차근차근 꽃 이름을 알아내어 꽃 이름을 불러보고 싶다. 외울 수 있을 때까지 되풀이 되풀이해서 차례로 불러보고 싶다. 발목과 무릎과 다리를 모두 생략하고 아장걸음으로 다가오던 진빨강 저고리에 초록 조끼 차림의 꼬마도령 좀참꽃. 여린 바람에도 헤프게 얼굴을 흔들며 샛노란 귀때기 보여줄까 말까 망설이던 조숙한 계집아이 두메양귀비. 내려와 내려와 너무 높은 곳에서 놀면 안 돼, 늦둥이 막내딸년 같은 바위구절초. 그러나 나는 돈의 마련이 없어 다시 백두산에 가지 못한다. 돈이 마련되었다 해도 다들 힘겹게 사는 세상이라서 남들 눈치보느라 못 간다. 쉽사리 백두산에 가지 못하고 그렇다고 백두산에 다시 한 번 가보고 싶어하는 꿈을 접지도 못하는 나를 위해 백두산이 가끔 내게로 놀러 온다. 백두산에만 있는 바람과 햇빛들 데리고 좀참꽃이며 두메양귀비며 바위구절초의 향내까지 뒤딸리고 나한테로 와 잠시 잠시 놀다 가곤 한다. 참 착하신 백두산이다.

(1998)

씀바귀꽃

좀처럼 얼굴을 보여주려 하지 않았다

대전발 대구행 새마을 열차
빠르게 달리는 철로 변에
무더기 무더기로 피어서
잔잔하게 웃음 머금고 있는
노랑 꽃
당신같이 마음속 등불이
꺼져버린 사람과는 눈빛조차
맞추기 싫어요
개구리자리 애기똥풀꽃보다는 키가 낮고
민들레보다는 꽃 판이 훨씬
작은 꽃
15년 전이던가 만났던 내 시의 독자
세실리아란 소녀가 수녀가 되어
종신 서원식을 갖는다기
대구성심수녀원을 찾아가는 길에

만난 꽃

좀처럼 본명을 알려주려 하지 않았다.

(1998)

나팔꽃 · 2

여름날 아침, 눈부신 햇살 속에 피어나는 나팔꽃 속에는 젊으신 아버지의 목소리가 들어 있다.

애야, 집안이 가난해서 그런 걸 어쩐다냐. 너도 나팔꽃을 좀 생각해보거라. 주둥이가 넓고 시원스런 나팔꽃도 좁고 답답한 꽃 모가지가 그 밑에서 받쳐주고 있지 않더냐? 나는 나팔꽃 모가지밖에 될 수 없으니, 너는 꽃의 몸통쯤 되고 너의 자식들이나 꽃의 주둥이로 키워보려무나. 안돼요, 아버지. 안 된단 말이에요. 왜 내가 나팔꽃 주둥이가 되어야지, 나팔꽃 몸통이 되느냐 말이에요!

여름날 아침, 해맑은 이슬 속에 피어나는 나팔꽃 속에는 아직도 대학에 보내달라 투덜대며 대어드는 어린 아들을 달래느라 진땀을 흘리는 젊으신 아버지의 애끓는 목소리가 숨어 있다.

(1998)

풍란

며칠을 까마득
잊고 지내다가도
바람결에 언뜻
스쳐오는 몸 내음
나 여기 있어요
어느새 잊으셨나요?
향기로 채근해 불러주는
책상머리 어여쁜 아낙.

(1997)

늦여름의 땅거미

차마 빗장도 지르지 못한
대문간을 지켜 불그레
꽃을 피운 능소화
종꽃부리의 우물 속으로
빠져드는 매미 울음

마당 가 좁은 텃밭을 일궈
김장 채소 씨앗을 묻을
채비를 서두르는 아들은
나이보다 많이 늙었다

애야, 시장할 텐데
연장이나 챙기고 밥이나 같이
먹자꾸나
저녁상을 차리는 어머니는
더 많이 늙었다

허리 숙인 담장

키 낮은 담장 너머

휘휘휘휘 키가 큰

어둠이 기웃대는 여름이라도

늦여름의 땅거미

꽈리나무 꽈리 주머니

주먹 쥔 꽈리알 속으로

스며들어가서 또

하나의 새로운 세상을 만드는

황토 빛 노을.

(1997)

메밀꽃이 폈드라

메밀꽃이 폈드라
새하얗드라

여름내 흰 구름이
엉덩이 까 내리고
뒷물하던 자리

바람의 칼날에 몰려
벼랑 끝에 메밀꽃이
울고 있드라

끝끝내 아무도 없드라
메밀꽃은 대낮에도
달밤이드라.

(1997)

분꽃 · 2

우리 동네 딸 부잣집
갑순이 을순이 헤아리다 지쳐서
딸 그만 낳으라고 구만이
여섯이나 되는 딸내미들
오보록히 자라는 딸 부잣집

그 집 마당
딸내미들 오고가며
씨 뿌리고 물 주고 가꿔서
딸내미들만치나 예쁘고
실하게 자라난 분꽃나무들

엄마, 문을 열면
분꽃 내음이 마악 방 안으로
달겨드는 것 같아요
쫑알대는 아이는 셋째든가 넷째든가
고만고만 엇비슷한 얼굴들

가을 오기도 전
딸내미들 가슴에 새까만
젖꼭지 두 개

젖꼭지보다 더 새까만 분꽃
씨앗은 익어 땅에 저절로
떨어져 숨기도 하겠다.

(1997)

산벚꽃나무

뒤로 물러서려다가
기우뚱

벼랑 위에 까치발
재껴 딛고

어렵사리 산벚꽃나무
몸을 열었다

알몸에 연분홍빛
홑치마 저고리 차림

바람에 앞가슴을
풀어헤쳤다.

(1996)

나팔꽃 · 1

담벼락
가파른 절벽을
벌벌 떨며 기어 올라간
나팔꽃의 덩굴손이
꽃을 피웠다
눈부시다
성스럽다

나팔꽃은 하루 한나절을 피었다가
꼬질꼬질 배틀려 떨어지는 꽃
저녁때 시들기 시작하더니
다음날 아침 자취조차 없어졌다

그러나 빈 자리
그 어떤 덩굴손이나 이파리도
비껴서 갔다
나팔꽃 진 자리
더욱 눈부시다
성스럽다
가득하다.

(1996)

백일홍

반에 반쯤만 돌아앉아
갓 피어난 백일홍꽃을
바라본다

하늘이 주시는 매
호우주의보의 장대비
맨몸으로 맞으며 더욱
새빨갛게 피어나는
백일홍꽃을 바라본다

은가락지 벗어논 새끼손가락과
금딱지 시계 풀어논 빈 팔목의 마음으로
반에 반쯤만 돌아앉아
사십오 도 각도로

그대 부디 산골길에서
막버스를 떨구었다 할지언정
너무 허둥대지 말기를 나는
바라노라.

(1996)

단풍

숲속이 다, 환해졌다
죽어가는 목숨들이
밝혀놓은 등불
멀어지는 소리들의 뒤통수
내 마음도 많이, 성글어졌다
빛이여 들어와
조금만 놀다 가시라
바람이여 잠시 살랑살랑
머물다 가시라.

(1996)

강아지풀을 배경으로

1

어린것들일수록
왼쪽으로 자라 빼꼼히

햇빛을 탐하여
얼굴을 내밀고 있었다

새파란 귀때기 바람에
마주 부비고 있었다

그들은 맨몸으로도 온통
깃발이었다.

2

손질이 덜 된 그림이 아직은
남았는데

살금살금 다가와 발목을 잡는
어둠의 손

우뚝우뚝 앞길을 막아서는
산과 나무들

그리다 만 강아지풀들 한사코
울먹이며 매달리는데

저녁놀 눈부셔라
흐려지는 파스텔.

3
서 있기보다는
누워 있는

아주 눕기보다는
비스듬히

등을 기대고 혼자서보다는
두셋이서

난 그런
강아지풀.

(1996)

난초

아르켜 주지 않고
귀띔해 주지 않아도
난초는

어디로 이파리를 뻗어야 하고
어떻게 꽃을 피워야 좋은지를
안다

아무렇게나 이파리를 뻗어도
멋스럽고
아무렇게나 꽃을 피워도
어여쁜 난초

그는 이제 스스로
법이요 길이다.

(1996)

저녁 일경—景

불이 켜지고 있었다

장독대 곁에 과꽃이며 분꽃
두어 송이 던져놓고

부르지 않았음에도
방 안까지 들어와 흐느끼는
풀벌레 울음

창밖에 서성대는 빗방울 두어 낱
우산 씌워 세워놓고

불이 켜지고 있었다

그리고 사기 밥그릇에
숟가락 부딪는 소리
드문드문 흩어졌다.

(1996)

3부   기죽지 말고 살아봐

순정

옮겨 심으면 어김없이 죽어버린다는 차나무나 양귀비

처음 발을 디딘 자리가 아니면 기꺼이 목숨까지 내어놓는
그 결연함

우리네 순정이란 것도 그런 게 아닐까?

처음 먹었던 마음 처음 가졌던 깨끗한 그리움
생애를 두고 바꾸어 갖지 않겠노라는 다짐

그것이 아닐까?

(1996)

야생화 들판

초록의 소잔등 언덕 위에
살진 암소와 송아지
고삐 풀고 풀을 뜯는 언덕 너머

자주 철책을 내려
길세(통행세) 받겠다 대어드는
개똥모자 눌러쓴 딥석부리 사내들 지나

느닷없이 나타나 질펀하게
가로눕는
야생화 들판

드문드문 진홍빛
날개하늘말나리 노랑하늘말나리
잉크 빛 너른 꽃 입술 너풀대는
꽃창포, 꽃창포 무리

버스를 세워 한 번이라도
저 들판에 서 보았더라면
저들의 숨소리 속에
나의 숨소리 풀어 넣어 보았더라면……

빠르게 달리는 버스에 갇혀
마음만 달뜨다 말고
눈빛만 뜨겁다 말다.

(1995)

백두산의 꽃

너무 높은 곳

너무 아스라한 곳

뿌리 내려

기절할 듯 혼절할 듯

얼음 풀리는 몇 달

머리꼭지 따가운 햇살 받아

두메양귀비

두메자운

더러는 줄기와 가지를 생략하고

무릎걸음으로 마중나오는

좀참꽃나무

만년설 곁에 흰 구름을 곁눈질하며

가슴만으로 뼈다귀만으로

피어 있는 꽃

하늘 땅 맞닿은 곳에

오직 꽃일 뿐인 꽃, 그리고

풀일 따름인 풀.

(1995)

197

누이야 누이야
— 이도백하, 맨드라미꽃 속으로 지는 노을

집집마다 좁은 마당
우루루 대문간에
쫓겨 나와
머쓱하니 서 있는
봉숭아 분꽃
그리고 맨드라미

더러는 꽃망울도 물고
꽃송이도 피웠구나
먼지 뒤집어쓰고
악다구니 소음에
귀를 막고

사람이 심어 가꾸어도
꽃을 피우고
사람이 심어 가꾸지 않아도
때 알아서
꽃을 피우는 꽃들

빨갛게 지는
노을을 머금고
해가 진다

누이야 누이야
울컥울컥 너도
울고 싶으냐?

해가 지고
날 어둡는 동안
내 늬들 옆에 오래
서 있으마.

(1995)

꽃 · 2

꽃은 식물의 성기
꽃들이 그들의 성기를 만개시켜
만천하에 공개하고 있다
어머어머, 꽃 좀 보아요
너무나 예쁘잖아요
그러게 말이야
수군거리며 사람들이
흠흠, 꽃을 향하여 코를
대보기도 하고 입술을
들이밀기도 한다
어머어머, 이 사람들 좀 보아
어디다 코를 대고 입술을
디밀고 이러는 거야
그러게 말이야
그러게 말이야
여기저기 꽃들이
투덜거리는 소리.

(1995)

줄장미꽃 · 2

낮은 포복 높은 포복으로
치기와 오만으로 돌담장을
기어올라
쇠줄사다리를 타고 올라
무엇이 되긴 꼭
되고 말 거야
내 모습을 보이고 말 거야
내 목소리도 가질 거야
줄장미 줄기 허공에
팔을 뻗어 휘젓다가
휘젓다가
부르쥔 주먹 끝에
꽃망울 하나
내일 아침이면
붉은 꽃망울 터트려
초경初經의 깨끗하고 붉은 피
하늘 파랑에 풀어넣겠지.

(1995)

줄장미꽃 · 1

누구네 집일까?

올해도 5월 하순

담장 위에 줄장미

줄을 타고 피어올라

하늘을 보고 바깥세상 구경을 한다

줄장미네는 딸부잣집

그래도 줄장미네 어머니는

첫째딸부터 막내딸까지

안 이쁜 딸이 없다

오히려 이제 막 젖몽오리 아리게

솟아오르는 어린 딸일수록

더욱 예쁘다

누구네 집이었을까?

돌아와 방 안에 앉아 있어도

눈에 밟히는 줄장미꽃

나를 꼬여내는 줄장미네 이쁜 딸들

나 좀 보아주세요

나도 보아주세요

서로 먼저 얼굴을 내밀려고 까치발 세우는

첫째딸, 둘째딸……

줄장미 속으로 뻐꾸기 울음소리도 빠진다

꾀꼬리 울음소리도 빠진다

아, 나도 줄장미 한 송이를 골라

꽃송이 속으로 사라져 버릴거나

이 징그러운 몸뚱어리

하나의 벌레가 되어 꿈틀꿈틀.

(1995)

메꽃 · 2

무찔레꽃
애기똥풀꽃
시계풀꽃
중얼거리다가
중얼거리다가
아, 저것은
메꽃
간들거리는
종꽃부리
폐교된 산골 초등학교
아이들 없는
복도에
대롱대롱
목을 매단
녹슨 구리종.

(1995)

구절초를 찾아서

서리 맞아 새하얗게
피어나는 구절초
몇 송이 만나기 위하여
바람 찬 들길을 혼자서
걷고 걸었다

풀덤불길 지나
물이 마른 개울을 건너
호오이, 들까치 내려앉는
들머리집 봉창의 띠살무늬

기운 가을 햇살의 온기
따스하게 남아 있는
황토 흙담이여

노을빛 진하게 스며들어
익어가는 감나무
알가지에 감알들이여

바람 앞에 시린 가슴 열어놓고
흐느끼는 구절초
몇 송이 만나기 위하여
억새풀꽃 숲길을 울면서
가고 또 갔다.

(1995)

다시 혼자서

1
쑥부쟁이를 들국화라
믿던 때가 있었다
보랏빛 십대, 혼자서

구절초를 들국화라
우기던 시절이 있었다
순결한 이십대, 둘이서

이제 쑥부쟁이도 구절초도
들국화가 아님을 안다
쓸쓸한 오십대, 다시 혼자서

들국화는 진노랑색
손톱만 한 꽃송이 당알당알
엉겨붙어 피어나는 가을 들풀꽃

그러나 아무러면 어떠랴
쑥부쟁이를 들국화라 믿으면
이미 들국화요
구절초를 들국화라 우기면
그 또한 들국화가 아니겠는가.

2

그래 가 보아
가서 쑥부쟁이는 쑥부쟁이 동네에서
쑥부쟁이로
구절초는 구절초 마을에서
구절초로
그리고 들국화는 들국화 나라에서
들국화대로
살아보아

쑥부쟁이를 쑥부쟁이로

놓아보내고

구절초를 구절초로

떠나보내고

이제 들국화는 들국화로

돌려보낸다

그래 잘들 가거라

잘들 살거라.

(1995)

여뀌풀꽃은 꽃이 아니다

가을 오자 제일 먼저 눈에 띄는 건 여뀌풀이다

수수모가지 모양의 여뀌풀
불그레한 꽃대궁 축 늘어뜨린 여뀌풀
여뀌풀 속에는 젊으신 아버지 목소리 들어 있다

이눔우 여꼿대 암만 뽑아대도 바닥이 안 나
여꼿대 땜에 사람 피 말려 죽겄어야
농사꾼 아니면서 평생을 반거챙이 농사꾼으로 살아야만 했던
아버지의 뜨거운 한숨 소리도 들어 있다

여뀌풀, 여뀌풀꽃, 나에게는 그저
여뀌풀이 여꼿대이다
여뀌풀꽃은 꽃이 아니다.

(1995)

데이지꽃

영국 남부 서섹스대학

넓은 뜨락

잘 다듬어진 잔디밭에

자그만 별 떨기처럼

촘촘히 박혀

피어 있는 하얀 꽃

저게 무슨 꽃일까?

가까이 다가가 요리조리

신기하게 살피는 나에게

텁석부리 영국인 교수가 다가와

가르쳐준 꽃 이름

데이지

꽃을 좋아하는 마음은

서양 사람이나

동양 사람이나

다를 바 없는 모양

싸우스 코리아에서 왔느냐

노우쓰 코리아에서 왔느냐
영어로조차 대화가
시원스럽게 통하지 않는 나에게
다가와
영국인 교수가
알려준 꽃 이름
데이지
너무나 키가 작고
보잘것없지만
깜깜 밤하늘의 은하수
별 떨기처럼 초롱한 꽃
그래서 제일 먼저
정이 들은 꽃
데이지.

(1994)

하나님, 여기 꽃이 있어요

가슴속에 꽃을 간직한 사람만이
꽃을 볼 수 있고
꽃을 기를 수 있다

가슴속에 새소리를 간직한 사람만이
새소리를 들을 수 있고
새소리를 불러올 수 있다

집집마다 좁은 뜨락에
시샘하듯 피어나는 꽃들의 무리
모셔두고 어깨 부비며
더불어 살 줄 아는 사람들

도심의 좁은 공간에선
화분에 꽃을 심어
집집마다 발코니에 내다놓는다

하나님, 여기 꽃이 있어요
하나님, 우리가 기른 꽃 좀 보아주셔요
깃발을 내어 걸 듯
꽃들을 내다놓는다

마음속에 하나님을 모시고
사는 사람들만이
꽃들을 바라보고
새소리를 들을 수 있고
아름다운 세상
아름답게 살아간다.

(1994)

플라워 바스켓

뜨락이나 창문 앞에만
꽃을 기르는 게 아니라
허공에까지 꽃바구닐
매달아 기른다
기다란 가로등 허리에
저울추를 매달 듯
대롱대롱 양쪽에
두 개의 꽃바구니
매달아 기른다
저 꽃바구니의 꽃들에게는
누가 물을 주고
누가 햇볕을 쪼여주나?
그야 물론 하나님이
물을 뿌려주고
가끔 가다 생각난 듯
하나님이 햇볕을 쪼여주시지
뜨락이나 창문 앞에만

꽃을 기르는 것으로는 부족하여

허공에까지 꽃바구닐

매달아 기른다

우주 공간에

별을 띄우듯

또 하나의 아름다운

지구를 쏘아 올린다.

(1994)

216

나는 파리에 가서도 향수를 사지 않았다

가는 곳마다 나는
사진을 찍고
그림엽서를 사고
조그만 기념품을 사서 모았지만
향수의 나라
프랑스 파리에 가서만은
향수를 사지 않았다
향수를 살 만한 돈이 없어서가 아니라
내가 향수를 싫어하기 때문이다
아내에게서 나는
비릿한 풀 내음
딸아이한테서 나는
향긋한 풀꽃 내음
그걸 향수로 지울 까닭이
없어서였다
내 아내에게서 내 아내의 냄새가 나지 않으면
그녀가 어찌 내 아내일 수 있으며

내 딸아이에게서 내 딸아이의 냄새가 나지 않으면

그 아이가 어찌 내 딸아이일 수 있겠는가

나는 향수의 나라

프랑스 파리에 가서도

향수를 사지 않았다.

(1994)

기쁨

난초 화분의 휘어진
이파리 하나가
허공에 몸을 기댄다

허공도 따라서 휘어지면서
난초 이파리를 살그머니
보듬어 안는다

그들 사이에 사람인 내가 모르는
잔잔한 기쁨의
강물이 흐른다.

(1994)

쪽도리꽃

왕관초라 부르기보다는

쪽도리꽃이라 불러야

더욱 쪽도리꽃다워지는

쪽도리꽃

씨 뿌린 사람 없이

올해도 두 그루 실하게

싹이 터서

소낙비 속에 새

치마 저고리 갈아입고

쪽도리 하나씩 받쳐 쓰고

사립도 없는 오두막집

지켜 서 있네

미장이 막일꾼으로

밥 벌어먹고 사는

젊은 내외

검은 눈 별빛 초롱초롱

아들 형제

낳아 기르며 사는

오두막집

개구리 울음소리 곁에

물소리 또 그 곁에.

(1994)

221

난쟁이나팔꽃을 보며

가을이 와 씨를 맺는

처마 밑의 나팔꽃

메마르고 거름기 없는 땅에 뿌리내려

덩굴줄기 남들처럼 치렁치렁 뻗어볼 요량도 없이

겨우겨우 이파리 두 개에 꽃송이 하나 피워내

거기서 꼬투리 하나 익혀 가지고

푸르른 가을 하늘 향해 당당히 주먹 쥐고 섰는

난쟁이나팔꽃을 바라보고 있노라면

안쓰럽다 못해 눈물겨워지다

아무리 못생기고 타고난 복이 없는 나팔꽃일망정

때를 알아 꽃을 피우고

아주 본전 떨어지지 않을 만큼은

씨앗을 마련할 줄 아는 목숨의 강인함과 슬기 앞에

숙연해지다 못해 고개까지 수그러지다.

(1993)

꽃 · 1

꽃들은 땅의 젖꼭지
봄이 와서 통통 부어오른
땅의 젖꼭지
다가가 가만히
빨아먹고 싶다
어머니 어머니 어머니
외워 보고 싶다.

(1992)

석류꽃 · 2

들판은 이제
젖을 대로 젖은 여자
사타구니
까르르 까르르
개구리 알을 낳고
꽈리를 불 때
바람은 보리밭에서
몰려오고
담장 아래
석류꽃 핀다
옴마 징한 거
저 새빨간 피 좀 봐
흰 구름은 또 장광 너머
엉덩이 까벌리고
퍼질러 앉아
뒷물하느라

눈치도 없고

코치도 없네.

(1992)

얼라리 꼴라리

들판 위에 골짜기에
초록색 물감
엎질러놓은 바람은
마을로 달려와 골목길로 돌아서
이 집 저 집 담장 위에
노랑색 빨강색 덩굴장미
부스럼 돋게도 한다
하다못해 뻐꾸기 꾀꼬리 휘파람새
목청을 간지러 자지러지게도 한다
바람아 네 포동포동 살오른
앞가슴 섶
풀어헤쳐나 보렴
향기로운 너의 골짜기
얼비쳐나 주렴
— 얼라리 꼴라리.

(1992)

협죽도

— 제주기행·7

1
협죽도는
바람난 꽃

저승에 간 사람들의
혼령이 바람이 나
이승으로 돌아와
이승 사람들 홀리는 꽃

수평선을 바라보고 싶어
발돋움하고서
까치발을 딛고서

협죽도는
바람이 기르는 꽃
바다 비린내 물든 바람이
흔들어 흔들어서
키우는 꽃

봉우리마다 골짜기마다
수없이 많은 제주도 전설과
슬픔이 더불어 키우는 꽃

가로수로 자라고
울타리로도 자란다
그 지극히 선정적이고
고혹적이기도 한
분홍빛 꽃숭어리
입술을 맞출까
살을 비빌까.

2
못 견디겠는 기라
눈부신 햇빛이
겨드랑이 간질이는 바람이
아무리 참을락 해도
참을 수가 없는 기라
옥죄었던 속가랑이
있는 대로 활짝 벌리고
이쁜 꽃숭어리 빼쪽소롬히
보여줄 수밖에는 없는 기라
니 보고만 죽거라

침 꼴깍 삼키기만
하거래이.

3
일찍이
시인 박목월이
물 건너와 울면서
바라보았고
그 뒤에는 또
승려시인 고은이
환속하여
반바지 입고 와서
바라보았던 꽃
환장할 것 같아
가슴 울렁여
환장할 것 같아
입술 가득 울음을
물고 있는 꽃.

(1992)

풀꽃 엄마

왜 지금까지 평화롭게만 보이던
풀밭이 싸움판으로 보이기
시작했을까?
시들어 가는 풀섶에
모여앉아 조잘거리는
새들의 소리가 왜 노래로
들리지 않는 걸까?
마지막 숨을 거두면서까지
손아귀에 풀씨를 힘껏
움켜쥐고 있는 풀대궁
익은 풀씨들을 새들에게
들키지 않기 위해
고개 숙인 채 안간힘을 다하는
풀대궁
애들아 잘 가거라
그리고 잘 살아야 한다
뒷전으로 뒷전으로

땅을 향해
풀씨들을 떠나보내고 있는
풀, 풀꽃, 풀꽃 엄마.

(1991)

꽃들에게 미안하다

꽃들에게 미안하다

나무들에게 미안하다

이런 세상도 봄이랍시고

꽃과 나무들은

고운 꽃을 피우며

예쁜 새순을 내밀며

깔깔깔 웃음 터뜨리며

제 속살 모두들 드러내 보여주고 있는데

사람들만 그 옆에서

못돼먹은 짓 막돼먹은 말

하고들 있으니

꽃들에게 미안하다

나무들에게 미안하다

그것도 대청댐 부근

우리들의 목숨의 젖줄이라고 말하는

상수원지 그 언저리에서.

(1991)

실루엣

추석 전날
공주 금강 가
국립공주결핵병원
코스모스꽃
피어서 어우러진
울타리 가에
환자복을 입은
헙수룩한 사람들
삼삼오오 짝을 짓고 나와
지나가는 자동차들
물끄러미 바라보고 있었다
저들에게도 분명 명절을 맞아
돌아가야 할 고향은 있고
만나야 할 사람들 있을 텐데
흐린 강물 물끄러미
바라보며

흔들리는 그들 또한
쓸쓸한 코스모스꽃
오래오래
지워지지 않았다.

(1991)

두벌꽃

하늘 쪽빛
마음으로
살아가리라

샘가에서
두 손 모으던
그녀는
가고 없었다

달개비 두벌꽃
피고 지는
언덕 너머

빈 집 마당에는
잡풀이 키를 넘고
추석이 와도
풀을 깎지 않은
무덤 두엇

엉겅퀴 두벌꽃은
꽃대궁을
올리고 있었다.

(1991)

제비꽃·3

아직도 나를 기다려
고개 숙인 철부지 소녀.

(1990)

자운영꽃

잃어버린 옛날이야기가

모두 여기 와 꽃으로 피었을 줄이야.

(1990)

붓꽃·1

1

바라보는 눈길에도
끌려올 듯
고요로운 숨결에도
사라질 듯
소녀여,
5월
바다 물빛 그리워
까치발 딛고 섰는.

2

붓꽃 피는 5월이면
떠오르는 한 이름이 있다
가늘은 기적 소리에도
귀를 세우던
희미한 뻐꾸기 울음에도
살갗에 소름이 돋던

붓꽃 피는 5월이면
그리워지는 한 얼굴이 있다
잎 피는 소리에도 눈이 밝아지던
꽃이 지는 몸짓에도
한숨을 짓던.

(1990)

꽃 한 송이

여럿일 때보다
혼자일 때 더욱 아름답고녀.

(1989)

분꽃 · 1

어둠은
낯선 사람들의
발자국 소리처럼
뚜벅뚜벅
동구 밖을 찾아들고

뱀들은
해가 기울기를 기다려
풀섶에서 기어나와
길바닥에 길게
눕는 저녁

젊은이들
비우고 떠나가
노인들만 남아 지키는
낡은 집
불조차 켜지지 않는
들창

대문간에

분꽃 몇 포기

어렵사리 불을

밝히고 있었다

어둠 속에 희미하게

웃고 있었다.

(1989)

제비꽃 · 2

그대 떠난 자리에
나 혼자 남아
쓸쓸한 날
제비꽃이 피었습니다
다른 날보다 더 예쁘게
피었습니다.

(1988)

달맞이꽃

어찌하여 아침인데
노랑등불 들고 나오셨나요.

(1987)

7월

개망초꽃 떼로 몰린 풀잎 언덕으로

순이가 달려온다

내가 달려간다

숨이 턱에 닿자 우리는 만나

풀밭에 널브러져 뒹군다

철부지 강아지라면 어떠랴

풀을 먹는 풀벌레 두 마리라면 어떠랴

개망초꽃도 흰데

개망초꽃 위로 흐르는

흰 구름의 알몸은 더욱 희다

순이의 귀밑볼을 핥고 가는

바람의 혓바닥엔 향내가 묻었다

개망초꽃 언덕도 들먹숨을 쉬기 시작한다.

(1987)

드라이플라워

음악다방 귀퉁이에
물 없는 항아리에
꽂혀 있는 마른 꽃 한 다발.

한때는 그 꽃을 보고서도
아름답다 말한 적이
있었지.

한때는 이 거리가
환희의 거리 불빛의 거리일 때도
있었지.

그러나 지금 내 마음엔 불이 꺼지고,
네가 앉아 있던 자리엔
모르는 얼굴이 앉고,

음악다방 귀퉁이에

물 없는 항아리에

꽂혀 있는 마른 꽃 한 다발.

한때는 이 자리가

기쁨의 자리 만남의 자리일 때도

있었지.

(1986)

팬지꽃

팬지꽃 속에서 나온 한 계집아이가
노오란 무용복 차림으로
춤을 추고 있다
음악도 없이 무대도 없이
볕바른 창가에.

(1986)

등꽃·1

등꽃을 자기 집 뜨락에 기르는 사람은
등꽃이 얼마나 고운 꽃인지 모를 거야
백제 왕국의 유리구슬 맞부딪는 소리
백제 여인의 비단 치맛자락 스치는 소리
그 찬란하고 은은한 소리
듣지 못할 거야
나같이 꽃 한 포기 기를 만한
뜨락조차 없어 오다 가다
비럭질로 구경하는 사람만이
귀동냥 눈동냥으로 겨우 알 따름인
그 귀한 소리를……

(1986)

똥풀꽃

방가지똥풀꽃
애기똥풀꽃
가만히 이름을 불러 보면
가슴이 따뜻해진다
입술이 정다워진다
어떻게들 살아왔니?
어떻게들 이름이나마 간직하며
견뎌 왔니?
못났기에 정다워지는 이름
방가지똥풀꽃
애기똥풀꽃
혹은 쥐똥나무,
가만히 이름 불러 보면
떨려 오는 가슴
안쓰러움은 밀물의
어깨.

(1986)

일년초

도심의 좁은 골목

허름한 나무상자에 심겨져

꽃을 피운 일년초를 보면

나는 문득

그 꽃을 심어 가꾼

꽃의 주인을 만나보고 싶어집니다

아니, 꽃의 주인의 마음과

마주 서고 싶어집니다

봉숭아, 분꽃, 사루비아, 왕관초……

하잘것없는 풀꽃이나마

소중히 알고 다독거리며

살아갈 줄 아는 사람들

봄부터 꽃씨를 심어 가꾸고 물을 주고

그리하여 가난한 대로 그윽한 가을을

맞이할 줄 아는 사람들

그들이야말로 얼마나

너그러운 사람들이겠습니까

요즘같이 마른 바람 먼지만 날리는 세상에
그들의 손길이야말로 얼마나
부드럽고 어진 손길이겠습니까
그들의 마음 쓰임이야말로 얼마나 또
따뜻한 마음이겠습니까.

(1986)

크로바꽃

크로바꽃도 꽃이라고
벌떼가 온다
성할 때 눈에 띄지 않던
크로바꽃
보잘것없는 꽃
앓으며 보니 새삼
아름답구나
바람에 날리는 게 더욱
아리땁구나
세상살이 또한 다 그런가…….

(1984)

외갓집 마을 이름
— 막동리를 향하여 · 19

여기는 궉뜸

저기는 서아시

또 저기는 동아시

그리고 맹매

등 넘어서는

천방산 희리산 아래

절꿀 처마꿀 뒤꿀 첨방꿀

일요일 숙제로 신작로 가에 나와

코스모스 씨를 받는

초등학교 2학년짜리

여자아이한테

외갓집 마을 이름

알면서도 물어보고

그 대답에

실없이 반가워지다.

(1984)

설란

겨울이라도 가장 추운
겨울날 아침,
우리집에
알른알른 날개옷 입고
선녀님 한 분 찾아오셨습니다.

(1984)

앉은뱅이꽃

발밑에 가여운 것
밟지 마라,
그 꽃 밟으면 귀양간단다
그 꽃 밟으면 죄받는단다.

(1984)

* 앉은뱅이꽃: 제비꽃.

겨울 난초

해마다 오는 봄을 무엇하러
기다리는가
돌자갈 속에 뿌리 내려
물을 마시고
햇빛과 바람만으로도
꽃을 피운
겨울 난초,
밤마다 꾸는 꿈을 어찌하여
꿈꾸겠는가.

(1984)

꽃집에서

사람 사귀기 어려워 책과 사귀고
여자하고는 더욱 어려워 난을 보러 다닌다
분재원에서 만난 겨울나기 봄꽃들,
꽃들도 푸스스하니 어깨 처져 있었다.

(1983)

난초를 가까이하며

1
추운
겨울을
난초와 함께

눈 속에
옷 벗은
난초와 함께

세상에는
없는 나라
먼먼 그 나라,

벗은 팔
벗은 다리
난초와 함께.

2
누군가 날더러
바보 얼간이
미친 녀석이라
욕해도 좋다

한때는 책에 미치고
한때는 여자에 미치고

이제 또 난에 미쳐서
눈코 못 가리는 바보 얼간이
뜬구름잡이라 해도 좋다

누구는 뭐 맨정신으로 한 세상
산다던가!

조금씩 정도 차이는 있지만
조금씩 상대 차이는 있지만
누구나 조금씩은 미쳐서
한 세상 살다 가는 것을

누군가 날더러
바보 얼간이
미친 녀석이라
손가락질해도 좋다.

3
나는 방 안에
난초를 기르는데

아내는 부엌 구석에
통파를 기른다

내가 화분에
정성스레
난초를 기르듯

아내 또한 정성스레
비닐 포대에 흙을 담아
겨우내 양념할
통파를 기른다

실상,
내가 난초를 기르는 거나
아내가 통파를 기르는 거나
소중하기는
마찬가지일 것이다.

(1982)

능소화 · 1

풍덕원, 옛 고아원이 있던 그 자리
전쟁 고아들 어른 되어 모두 떠나갔지만
여름마다 담장 위에 피어나는 붉은 능소화,
바깥 세상 그리던 고아들 눈빛으로 피었습니다.

(1981)

들길

네가 들에 난 풀포기 콩포기 돔부꽃 되어
나를 기다리다 못해 혼자 시들어간다면
어쩌리 그 외로움을 어쩌리 싶어서 나는
오늘도 들길에 나왔다, 들길을 간다.

(1981)

그리운 이여
— 변방·52

그리운 이여, 안녕?

지리한 장마 거쳐 찬란히 볕 드는 날

새로 피어나는 무궁화꽃 섶울타리를 배경으로

그대가 만약 생모시 치마 저고리 차려입고 나와 계신다면,

방학이 되어 잠자리안경 서울에 벗어두고

고향으로 돌아가

석류꽃 새로 피어 울넘어 하늘을 보는

허물어진 돌담불길을 홀로 걷고 계신다면,

나는 시나대숲에 속살대는 바람 되어 가리.

열여섯 선머슴아이 머리칼인 양

부드럽고 향그럽게 숨 쉬는

한 떼의 대숲바람 되어

그대 옷깃에 스미리.

(1979)

양달개비

돼지막 옆에서 돼지 똥 냄새를 맡으며
염소집 옆에서 염소 오줌 냄새를 맡으며
아침마다 샅을 여는 양달개비 파란 꽃빛
밤마다 별과 눈맞추는 양달개비 파란 샅빛.

(1980)

패랭이꽃빛

밖으로 타오르기보담은 안으로
끓어오르기를 꿈꾸고 열망했지만
번번이 핏물이 번진 손수건, 패랭이꽃빛
치사한 게 정이란다 눈 감은 게 마음이란다.

(1980)

수원지 가는 돌담길
— 변방·3

수원지 가는 돌담길
두 번째 돌아가는 돌담 모퉁이 돌틈새기에
언제부턴가
거먹딸갱이나무* 하나
뿌리 내려 자라고 있었다.

바람이 심었을까?
심긴 누가 심어,
하나님이 심으셨지.

어려서
고향의 남새밭
거먹딸갱이나무에 거먹딸갱이 익으면
따서 실에 꿰어 목에 걸기도 하고
깨물어 먹으면 달기도 했었지.
오고 가며 나는 그 거먹딸갱이나무
잘 자라 꽃을 피우고

거먹딸갱이가 열려 익기를 바랬다.

거먹딸갱이나무가 있어서
정답고 정답던 돌담길.
그런데 오늘 아침 보니
그 거먹딸갱이나무 뿌리 뽑히고
자취도 찾아볼 수 없었다.
나에겐 소중하게 여겨지던 그 푸나무가
어느 누구에겐가는 잡초로 보였음인가!

거먹딸갱이 뿌리 뽑혀
나의 돌담길은 섭섭하였다.

(1980)

* 거먹딸갱이나무: 까마중.

271

화엄사의 파초

여수 오동도에서 산낙지회며 해삼을 안주하여
소주 몇 잔 걸치고
화엄사 찾아가는 길에 발기한 나의 거시기
관광버스 안에서 어쩔 줄 몰라 당황했더니
화엄사 각황전에 다다라
그놈 참 방자한 놈이로고!
부처님이 미리 알고 보내주신 소낙비 한 줄금 맞고
봄바람에 눈 녹듯 모래밭에 썰물 빠지듯
시원스레 사그라들어 버렸다
대웅전 앞에 소낙비 맞아 너울대는
파초 잎새
우뚝 솟은 초본류여.

(1979)

272

산란초

아무도 모르게 숨겨둔 첩실妾室을 찾아가는 사내처럼
며칠 전에 점찍어둔 산란초를 캐러 가는 이른 아침,
산골짜기에서 느닷없는 한 떼의
산골 안개를 만났다.

혹시 그 산골 안개는
산의 재물에 함부로 손을 대는 나를
은근히 나무라시는 산의 마음이 아니었을까?

나는 산란초를 캐면서도 가슴이 조마조마했다.
등 뒤의 작은 산새 소리에도 흠칠 놀라며
도망치듯 산을 내려오고 있었다.

(1978)

수선화 · 1

언 땅의 꽃밭을 파다가 문득
수선화 뿌리를 보고 놀란다.
어찌 수선화, 너희에게는 언 땅속이
고대광실 등 뜨신 안방이었드란 말이냐!
하얗게 살아 서릿발이 엉켜 있는 실뿌리며
붓끝으로 뾰족이 내민 예쁜 촉.
봄을 우리가 만드는 줄 알았더니
역시 우리의 봄은 너희가 만드는 봄이었구나.
우리의 봄은 너희에게서 빌려온 봄이었구나.

(1978)

동국冬菊

한참 동안을 멍하니
창밖을 보고 있었다.
잎 진 나뭇가지에 바람이 와
명주 수건처럼 걸리는 걸
보고 있었다.

개나리 빛 한복을 차려 입은 여인이
사뿐사뿐
내 등 뒤로 다가오는 듯……

돌아다보니 문득
개나리 빛 여인은 간데 온데 없고
노오란 동국冬菊 화분만 하나
거기 있었다.
탐스러운 꽃송이 셋을 달고
나를 훔쳐보며
부끄러운 듯 고개 숙여 거기 있었다.

오오,

버선코가 어여쁜 나의 사람아.

(1977)

아카시아꽃

쑥죽 먹고 짜는
남의 집 삯베의
울 어머니 어질머리.

토담집 골방의
숯불 화로 어질머리.

수저로 건져도 건져도 쌀알은 없어
뻐꾸기 울음소리 핑그르르 빠지던
때깔만은 고운 사기대접에
퍼어런 쑥죽물.

꽃이라도 벼랑에
근심으로 허리 휘는
하이얀 아카시아꽃 피었네.

(1977)

맥문동을 캐면서

도솔암 가는 오솔길에 내 어느 날 다시 찾아와서
썩은 낙엽을 헤치고 맥문동을 캐면서
네가 춘란일지 모른다고 말하던 그 맥문동 뿌리를
손가락 끝으로 후벼 캐면서
결코 나는 무심할 수 없었다.
외로운 이 길을 너 혼자서 그렇게 오랜 날 오갔을 것을 생각하며
돌멩이 하나 썩은 나무 등걸 하나에도 나는
결코 무심할 수 없었다.

네가 눈 맞추었을 푸른 산 저녁 어스름
푸른 산 저녁 어스름에 젖어 흐르는 물소리 바람 소리
그 하얗고 가여운 모가지를 하고 너는 어디로 갔느냐?
어디로 가 어느 풀꽃송이 꽃잎 속 꽃빛깔 되어 숨었느냐?

산벚꽃은 벌써 피었다 지는데

아그배꽃은 뒤따라와 물밀듯이 피는데

아아, 굴참나무 여린 순은 돋아나와

바람에 부푼 가슴을 출렁이는데

나는 금방이라도 네가 이쁜 도깨비 되어

나를 놀려 주려고 이쁜 도깨비탈을 그려서 쓰고

돌무더기 모퉁이로 뛰어나오며 까르르 웃을 것만 같아

파르르 가슴을 떨다가

후루룩 뜨거운 한숨을 몰아보지만,

후루룩 뜨거운 한숨을 몰아보지만,

까작까작 머리 위에서 그때

때까치란 놈이 한 마리

메마른 울음으로

나의 땅거미를 재촉할 뿐이었다.

(1976)

메꽃 · 1

마파람이 몹시 불어 미루나무 숲에서 샘물 퍼내는 두레박 소리가 나는 밤, 그때마다 약속이라도 한 듯 청개구리 떼를 지어 목을 놓아 우는 밤에, 애기를 낳지 못하는 아내를 위하여 아내와 함께 울었다. 무엇으로도 부족할 것이 없는 당신이 나 때문에 부족한 사람이 되었으니, 다른 여자 얻어서 애 낳고 살라고, 그렇지만 아주 헤어질 수는 없고 서울에다 전세방 하나 얻어주고 생활비 대주고 한 달에 두어 번만 찾아와 준다면, 그것으로 자족하고 살아가겠으니 물러나겠노라 앙탈하는 아내를 달래다가, 나도 그만 아내 따라 울고 말았다.

어디 그게 할 말이나 되냐고, 첫 애기 잘못되어 여러 번 수술하다 보니 그렇게 된 것이지, 어디 그게 당신 죄냐고 차마 그럴 수는 없는 일이라고, 그러느니 차라리 영아원에 가서 아이 하나 데려다 기르며 같이 살자고, 왜 이런 슬픔이 우리 것이어야만 하느냐고, 남들이 듣지 못하게 작은 목소리로 더욱 작은 울음소리로 느껴울다가 지쳐 잠이 들었다.

자고 일어난 다음날 아침, 흙담을 타고 올라가 메꽃 한 송이 피어 있는 게, 그날따라 아프게 눈에 띄었다. 밤사이 우리 울음을 몰래몰래 훔쳐 먹고 우리 눈물을 가만가만 받아먹고, 꺼질 듯한 한숨으로 발가벗은 황토흙담 위에 피어서 바람에 날리는 메꽃. 그러고 보니 아내 얼굴 또한 누르떵떵하니 부은 게 메꽃같이 보였다. 하긴 아내 눈에 내 얼굴도 메꽃쯤으로 보였으리라. 메꽃! 너, 버려진 땅 아무 데서나 자라, 하루 아침 한때를 분단장하고 피었다가, 이내 시들고 마는 푸새. 담홍빛 슬픔의 찌꺼기여.

(1976)

자목련꽃 꽃그늘

자목련꽃 꽃그늘
연한
해으름.

숨을 쉬는 수정반지
여린
보랏빛.

노루야 암노루야
화낭
노루야,

자목련빛 번지는
연한
목마름.

(1976)

철쭉꽃

아내와 더불어 뜨락에

불붙듯 피어난 철쭉꽃을

바라보고 있노라면

여보, 당신이 차마 그러실 줄은 몰랐어요

철쭉꽃이 된 전생의 내 또 한 아내

본마누라 시앗 보듯 시샘하여 눈 흘기며

우리 둘한테 하는

하염없는 핀잔 소리도 들리는

오늘은 다시 맑은 5월 하루 어느 날.

전생의 햇살이 따라와

나무 그늘 아래 곱게 수놓인

5월 하루 그 같은 날.

어느새 나는 두 여자 사이에 끼어
눈치 보느라 어쩔 줄을 몰라 하고
아내 또한 얼굴이 빨개져서
몸 둘 바를 몰라 하네.

(1976)

산철쭉을 캐려고

산철쭉을 캐려고 새벽 아침
이내 자욱한 산길을 오르던 나의 시각에
그대는 단잠에 떨어져 있었을 것이다.
겨우 꿈속에서나
어디론지 가고 있는 나를 짐작해 보고 있었을 것이다.

봄 저수지 잉어 뛰는 소리에
한 귀를 팔면서
산철쭉을 캐가지고 돌아오던 나의 시각에
그대는 겨우 잠에서 깨어
낭랑한 아침 새소리가 되어 있었을 것이다.

또, 내가 잠시 시장한 것도 참으면서
마당의 흙을 후비고
여러 꽃나무 옆에 새 꽃나무를 심고 있던 그 시각에
그대는 이제 세수를 마치고 아침 화장을 하면서
나를 기다리는 이슬이 되어 있었을 것이다.

어쩌면

벼랑 위에 위태로운

한 기도가 되어 있었을 것이다.

(1975)

석류꽃·1

이 꽃은
예로부터 고요하고 아름다운 동방의 나라
아침 이슬 냄새가 묻어나는 꽃.

이 꽃은
이 땅에 대대로 생겨나서
발뒤꿈치가 달걀처럼 이쁜 새댁들의
웃음소리가 들어 있는 꽃.

허물어진 돌덤불 가에 장독대 옆에
하늘나라의 촛불인 양 피어 선연히
그 며느리들을 대대로 내려가며
투기하는 이 땅의 시어머니들의
한숨 소리도 들어 있는 꽃.

앞으로도 이 땅에서

끊이지 않고 생겨나서

발뒤꿈치가 달걀처럼 이쁠 새댁들의

웃음소리가 연이어 들어 있을 꽃.

연이어 들어 있을 꽃.

(1975)

자목련꽃 필 무렵

자목련꽃 필 무렵 부는 바람은
연한 토끼풀꽃 내음과 쑥내음이
스며 있어서

오래 앓아 누운 사람조차
마당으로 나와 서성이게 하고
오래 오지 않던 흰 구름도
그 마당가에 오게 하여
그 사람과 오랜만에 만나게 하고

깔깔깔 깔깔깔
열여섯 열일곱 그 또래의 계집애들
웃음소리도 조금은 숨어서 있다.

울 어머니 소싯적

대청마루 나와 앉아

수틀에 수를 놓고 계시던

반듯한 이마의 가리맛길도

약간은 바래져서 어리어 있다.

약간은 자부름에 겨워서 어리어 있다.

(1975)

봄날에

사람아,
피어오르는 흰 구름 앞에 흰 구름 바라
가던 길 멈추고 요만큼
눈파리하고 서 있는 이것도 실은
네게로 가는 여러 길목의 한 주막쯤인 셈이요,

철쭉꽃 옆에 멍청히
철쭉꽃 바라 서 있는 이것도 실은
네게로 가는 여러 길 가운데
한 길이 아니겠는가?

마치,
철쭉꽃 눈에 눈물 고이도록
바라보고 있노라면
가슴에 철쭉꽃물이라도 배어 올 듯이,
흰 구름 비친 호숫물이라도 하나 고어 올 듯이,

사람아,

내가 너를 두고

꿈꾸는 이거, 눈물겨워하는 이거, 모두는

네게로 가는 여러 방법 가운데

한 방법쯤인 것이다.

숲속의 한 샛길인 셈인 것이다.

(1975)

갈꽃 핀 등성이마다

갈꽃 핀 등성이마다
바람 흩어지고
바람 흩어지는 등성이마다
갱년기의 흰 구름.
곱게 늙어 한복 차림이 썩 잘 어울리는
사십대의 여인처럼
아이 잘 낳아주고
살림 잘 해준 공치사로
자수정 반지까지 하나 얻어서 끼고
그 이마 위에
가늘은 주름살만 가득히
실눈웃음뿐이라네.
얌전하니 치맛자락 사려뜨려 곧추앉아서
실눈웃음뿐이라네.

(1975)

처세

사람을 믿기보담은
나무를 더 믿고 살기로 했다.

겨우내 죽었는가 싶었다가도
봄 되면 어김없이 꽃도 피워주고
잎새도 내밀어주는.

나무를 믿기보담은
보다 더 많이 풀을 믿고 살기로 했다.

숙근초나 구근류의
쑥, 보리, 마늘, 수선, 작약,
붓꽃 따위.

아니면, 야산에 제멋대로 피었다 지는

보리밥풀꽃, 민들레, 패랭이,

그저 그런 것들처럼.

(1974)

칡꽃

1

내 자칫하면
시대 착오자로 낙인찍힐 얘기다만,
군대 막사처럼 황량하고 위태롭게 가려진
길거리의 여자들 알 다리 행렬,
공부삼아 보느라 지친 눈초리, 이젠 거두어
산 속에 와 호젓이 칡꽃이나 바라보기로 한다.

칡꽃 속에 무명옷 입고
흰 버선 신고 여기 사시던 이
고른 숨 고른 웃음 고른 이빨들
모두모두 불러내 앞세우고서
함께 산길이나 거닐어 보기로 한다.
함께 맨 처음의 하늘 아랜 듯
마주 서서 눈이나 맞추어 보기로 한다.

2

참말은 그대

내 앞에서 미친 바다였다가,

내 앞에서 바람난 계집이었다가,

비수같이 푸르른 초승달 하나였다가,

참말은 또 그대

몇 송아리 칡꽃으로 재주를 넘어

열두 번째 내 앞에 나와 섰구나.

열두 번째 내 앞에 웃고 있구나.

'나 이래도 몰라보시겠어요?'

말하는 듯이 말하는 듯이.

(1972)

꽃밭

봄 어느 날 마당 귀퉁이를 일구고 거름흙을 섞어 아버지가 만드신 한 평짜리 꽃밭에 나는 집집마다 돌아다니며 꽃모종을 얻어다 심었습니다. 꽃들은 좋아라 잘 자랐고 꽃송이도 제법 많이 달아주었습니다. 비 오는 날 같은 때, 아버지는 새로 꽃핀 그것들을 신기한 듯 유심히 바라보시곤 하십니다. 살림에 찌들은 깊은 주름살도 꽃물이 들어, 오랜 중풍으로 병든 신경에도 풀물이 들어 어쩌면 꽃들이 아들딸로 보이시는가…… 아버지는 생땅에 일군 꽃밭이고 우리 형제는 그 꽃밭에 피는 꽃송이들. 그렇게 바라시는 마음, 그렇게 바라며 사시는 하늘 같은 마음아.

(1972)

제비꽃 · 1

산골짜기 외딴집 박우물 가에 언뜻언뜻 흰 구름으로 스쳐간 말탄 사
내 생각에 머리채 따늘인 산골 처녀사 한평생을 처녀인 채로 늙을 줄을
몰랐답니다. 죽어서도 차마 그대로는 못 잊겠던지 봄이 오자 들녘길 풀
섶에 피어난 작은 소망, 새파랗게 입을 벌려 한떨기 새로 생긴 꽃이 되
었답니다. 가늘은 바람에도 고개 들어 먼 데 하늘만 근심스레 바라 선
철없는 이 새봄맞이 아가씨야, 포오란 포오란 너 제비꽃아.

(1972)

수국 · 1

— 누이 연주에게

허투로 슬퍼 말아야지.
허투로 마음을 주지 말아야지.

마음 깊이 하고픈 말일수록
더욱 말하기를 삼갈 일이요,

수다스런 바람의 희롱 앞에서도
행여 웃음일랑 팔지 말아야 했다.

차라리 독한 향기는
치마 끝에 차는 것!

(1971)

들꽃

언젯적 잊어먹은
은가락지냐.
누가 빠트리고 간
옛 얘기들이냐.

물낯인 양 고요 고요론 어둠 속에
까마득히 잠들었거나
어쩌면 보오야니 눈을 터서
내게 오는 너.

널 위해서라면
천둥 속같이 찢긴 가슴
다시 한 번 불붙는 노을이 되마.
길 잃고 울음 우는 짐승이 되마.

앓니 다 삭아내리도록
알사탕 사먹던
어린 날의 그 숱한 동전닢들,

함빡 내린 이슬에 모두 살아와
그만 새하얀 꽃이 되어
내 앞에 모였네.

(1971)

들국화 · 3

바람 부는 등성이에
혼자 올라서
두고 온 옛날은
생각 말자고,
아주아주 생각 말자고.

갈꽃 핀 등성이에
혼자 올라서
두고 온 옛날은
잊었노라고,
아주아주 잊었노라고.

구름이 헤적이는

하늘을 보며

어느 사이

두 눈에 고이는 눈물.

꽃잎에 젖는 이슬.

(1970)

들국화 · 2

1
울지 않는다면서 먼저
눈썹이 젖어

말로는 잊겠다면서 다시
생각이 나서

어찌하여 우리는
헤어지고 생각나는 사람들입니까?

말로는 잊어버리마고
잊어버리마고……

등피
아래서.

2

살다 보면 눈물날 일도

많고 많지만

밤마다 호롱불 밝혀

네 강심江心에 노를 젓는

나는 나룻배.

아침이면

이슬길 풀섶길 돌고 돌아

후미진 곳

너 보고픈 마음에

하얀 꽃송이 하날 피웠나부다.

(1970)

들국화 · 1

객기 죄다 제하고

고향 등성이에 와

비로소 고른 숨 골라 쉬며

심심하면

초가집 이엉 위에 드러누워 빨가벗은

박덩이의 배꼽이나 들여다보며

웅얼대는 창자 속 핏덩일랑

아예 말간 이슬로 쓸어버리고

그렇지!

시장기 하나로

시장기 하나로

귀 떨어진 물소라나

마음 앓아 들으며

돌아앉아 후미진 산모롱이쯤

내가 우러러도 좋은

이 작은 하늘, 이 작은 하늘아.

(1970)

307

감꽃

바람이 많이 부는 날은
감꽃이 많이 떨어졌다.

바람이 잠든 새벽 아침에
아이들은 깨어
뿌연 물안개 속에
바구니 하나씩 들고 감꽃을 주우러
감나무 밑으로 모인다.

감나무 아래
가슴 두근거리며 두근거리며
아이들을 기다리고 있는 하얀 감꽃들.

바구니 하나 가득 감꽃을 주워들고
돌아오는 뿌듯한 이 기쁨!

이 감꽃으로 무엇을 할까?

입안에 집어넣고 자근자근 씹으면
떨떠름하고 달착지근한 감꽃 내음.
실에 꿰어 목에 걸면
화안한 꽃다발.

야, 내가 왕자님 같잖아!
갑자기 가슴이 밝아오는
아아 웃는 얼굴.

바람이 많이 부는 날
바람 소리 속에 아이들은
일찍일찍 잠들곤 했다.
새벽에 일어나
감꽃을 주우러 가야 하기 때문이다.

(1970)

2014. 나른나름